我的父親

何萬貫 主編

商務印書館

我的父親

主　　編：何萬貫

責任編輯：楊克惠

封面插圖：張曉帆

封面設計：一立設計

出　　版：商務印書館（香港）有限公司
香港筲箕灣耀興道 3 號東滙廣場 8 樓
http://www.commercialpress.com.hk

發　　行：香港聯合書刊物流有限公司
香港新界大埔汀麗路 36 號中華商務印刷大廈 3 字樓

印　　刷：陽光印刷製本廠有限公司
香港柴灣安業街 3 號新藝工業大廈（6 字）樓 G 及 H 座

版　　次：2009 年 6 月第 2 次印刷

ISBN 978 962 07 1857 1
Printed in Hong Kong

總序

何萬貫

為了幫助學生學習寫作，提高語文水平，筆者編寫了這一套“寫作系列叢書”。

這套叢書總的特點是，把寫作和閱讀結合起來，把寫作知識和範文有機地結合起來。書中把寫作知識分成各種各樣的大小專題，大的專題有文章主題、文章結構、文章取材等等。大的專題下面又分成若干個小專題，比如文章結構下面又分段落和層次、開頭和結尾、過渡和照應、主次和詳略等幾個小專題，每個小專題下還有若干個知識點。筆者就從這些知識點出發，設計出若干個題目，然後請一些大學生結合有關知識點寫出範文，範文後面附有評語，簡介該範文是否符合設計要求。這樣，讀者在學習有關的寫作知識和閱讀範文的過程中，就可以從理論和實際相結合的意義上去學習有關的寫作技巧了。

這種編排的好處在於，學生在閱讀和學習寫作理論的時候有了參照文，從而使學習理論具體化，不會感到枯燥。生動具體的學習形式可以提高學生的興趣，而興趣是學生學習寫作的內在動機，會使他們喜愛寫作，進而多讀多寫，越寫越有興趣，越寫越有進步。

一個大專題編一本書，所以每本書在內容上也有一個中心。比如關於文章表達方式的這一本書就是以母愛為中心，而關於文章結構的這一本書則是以父愛為中心，如此等等。在決定書名的時候，以文章內容作正題，以寫作知識專題作副題。因此，讀者除了會從這些書中學習到有關寫作知識以外，還會從範文的內容中受到思想教育，或者從意識上受到薰陶，再或者從思想方法上受到啟迪。

要按照有關設計寫出相應的範文並不容易。這些範文的作者，就像許多施工工人對待建築師精心設計的圖紙一樣，須經一絲不苟反覆推敲，才能使自己的文章符合設計者的要求，頗費一番努力。在此，要向他們表示衷心的感謝。

在這套書的編寫過程中，還得到了許多朋友的支持和鼓勵，在此一併致謝！

關於結構

本書是整套寫作系列叢書的結構篇，結合具體篇章講述了文章的組織方式和內部結構問題。

怎樣安排好文章的結構？

全書把有關篇章分成四類，講述了四個方面的問題：劃分好層次和段落、寫好開頭和結尾、設計好過渡和照應、處理好主次和詳略。安排好文章的結構，還有許多問題需要處理，但上述方面是基本的，可稱之為“四大基本點”。當然，每個基本點都不是抽象的，需要具體化。因此，在每一類文章前面，都有一篇說明文字，在每一篇例文後面都寫了評語。段落和層次怎樣劃分？開頭和結尾應該怎樣寫？有關文字逐一作了說明，並且以相應的文章作例子，作為參考。

以上就四個基本點，講了一些具體的處理方法。但是，正如劉熙載《藝概 · 文概》中所說的：“法以去弊，亦易生弊。”安排文章結構有一定的方法，但這些方法並不是一成不變的。如果在運用這些方法時生搬硬套，不懂得靈活運用，思想就會被束縛，妨礙創新。比如在開頭和結尾這一環節，講到開頭有若干種方法，結尾有若干種方法。我們完全可以不受這些方法的束縛，想出另外一些更好的新的方法來。當然，這裏所講的“新”是和“好”相統一的。如果新而不好，就會有損於文章的結構。

結構的安排要怎樣才算好呢？有幾個標準是人們公認的。

首先是要完整無缺。所謂完整無缺，是指整篇文章的線索前後連貫，有頭有尾，有過渡有照應。有些文章在開頭埋下一條線索，中間斷了，在結尾的時候突然冒出來，或者在中間出現過，到結尾就不見了蹤影，這就叫不完整、有缺陷。有些文章只有一個段落，沒有開頭和結尾，或者只有兩個段落，要不缺了開頭，要不少了結尾，這也叫不完整、有缺陷。有些文章中間需要過渡卻缺少了過渡，或者有呼無應，這都是不完整、有缺陷。一篇文章正如一個人，人體要各個器官都齊全，文章也要完完整整。

第二要嚴密緊湊。所謂嚴密緊湊，是指段落層次要劃分得恰當，劃分得好，段與段之間的聯繫要緊密。有些文章寫得顛三倒四，一會兒説東，一會兒説西，天南地北亂説一通，顧此失彼；還有些文章材料沒有經過認真的組織，鬆散地放在一起，給人雜亂無章的感覺，這都是不嚴密、不緊湊。人從事任何一份工作，只有工作態度嚴謹，效率才會高，才能夠達到如期的效果。同樣的道理，文章的結構只有安排得嚴密緊湊，讀者才能看得明白，文章也才能發揮作用。

第三要均衡勻稱。所謂均衡勻稱，是指所劃分的層次和段落長短要均勻，比重要相當，互相搭配得比較適當。有些段落動不動千把字，有些段落只有幾十字，這就叫比例失調，談不上勻稱。有些人或許會問，寫一個過渡段難道也要那麼長？過渡段當然有些不同。因為過渡段不是以自己的分量去跟其他段落均衡，而是起一個橋樑的作用，或者起一個槓桿中支撐點的作用。橋樑及支撐點不是自己均衡，而是它們的兩邊要均衡。如果兩邊不均衡，橋樑就會出問題，支撐點就起不了作用。所謂均衡，也不是不分主次。有些文章寫得臃腫，甚麼材料都往上面砌，看似均衡，實際上不均衡。一個人上肢有上肢的大小，下肢有下肢的大小，如果不分上肢和下肢，胳膊長得跟大腿一樣粗，就談不上均衡，當然也談不上勻稱。

結構是形式，從根本上來説是由內容決定的。本書的主要內容是寫父愛，具體來説，每篇文章講的都是人，是事，通過寫事來寫人。所有的事，其發展過程都有一定的規律，有開端，有發展，有高潮，有結局。本書中講到的有關篇章結構，都是根據這一發展過程來設計的。當然，結構除了跟內容有關，還跟文章體裁有關。本書所寫的是記敍文或其他形式的散文。結構的設計，就適應這方面的體裁。有個別篇章是用書信或日記的形式寫的，但同樣是記人敍事，應該屬於記敍文一類，而不是一般的應用文，有關設計大體也適用於這些篇章。假如是其他的一些文體，比如新聞，就應該有不同的設計。如果是議論文，設計當然更是不同。

先設計好文章的結構，再組織有關學生去寫，再提供給讀者學習，目的是讓大家熟悉有關文章結構方面的操作，掌握文章的結構方法，在寫作的過程中做到熟能生巧。正如前面所說，寫文章有一定的方法，但沒有固定的方法。所謂熟，是熟悉已有的方法，巧是創造新的方法。熟能生巧，不熟，就談不上巧。

我們再回到本書的內容上來。本書的名字叫做《我的父親》，文章圍繞"父愛無聲"展開。父愛大家都知道，父愛無聲這個特點大家也不生疏。很多為人父親的，不是通過大量言辭來表達對兒女的愛。作為兒女，只能從他們的眼神、細微的動作，從一件件平凡的事去體會父愛的崇高。有聲的父愛固然感人肺腑，無聲的父愛同樣動人心魄。無論哪一種父愛，我們都應該歌頌。父愛之所以無聲，跟為父者的性格有關，也同社會上長期形成的觀念有關。這些觀念包括父嚴子孝、家長尊嚴等等。為父者作為家長，從意識上來說，總覺得跟子女有一種尊與卑的關係，這妨礙了他們把自己的愛用言辭表達出來。在現代社會，這種觀念應該逐步改變。父與子的關係並不是尊與卑的關係，而是平等的關係，完全可以平等地進行溝通，心有所愛完全可以通過自己的言辭表達出來。當然，我們提倡的是言與行的統一，只有言而無行的父愛不會令人感動，言行統一才會使父愛更完美。

希望讀者從寫作知識的角度去讀這本書，也從書的內容的角度去讀這本書，從前一角度得到啟發，從後一角度受到教育。

目　錄

第二章 寫好開頭與結尾 44

第三章 注意過渡和照應 74

第四章 主次和詳略要恰當 104

第一章 注意段落與層次的劃分

詞語可以組成句子，句子可以組成段落，段落可以組成文章。就是說，文章由段落組成。

就文章而言，段落有兩種含義。一是指自然段，是作者根據行文的需要，另起一行低兩格寫的一段話。一是指意義段。我們都知道，每篇文章必有一個主題。為了深化主題，作者必然會在文章中安排幾個小主題，而這每一個小主題就是一層意思，每一層意思就是一個意義段。意義段與自然段相比較，當然是意義段大一些，因為大多數時候都是幾個自然段才組成一個意義段的。當然，一個自然段就是一個意義段的情況也有。如張恨水的《霧之美》共有三個自然段，第一段講兩種霧中的景色，第二段講白霧籠罩下的景色，第三段講霧漸薄至霧散的景色。這三個自然段分別是三個意義段，各表達一個小主題：兩種霧中的景色之美，白霧籠罩下的景色之美，霧漸薄至霧散的景色之美。這三個小主題共同為文章的主題——霧之美服務。這裏講的意義段有個通俗的名字：層次。

所謂"注意段落與層次的劃分"，段落講的是自然段。如何劃分自然段？這要看實際需要。需要一句話為一個自然段的（常見於開頭、結尾和過渡），就只寫一句話，需要多寫幾

句的，就多寫幾句。然而，無論要寫多少句話，都應該做到每一句話都是為了表達同一個意思而寫的，就是說要做到句意一致。只有這樣，一個自然段的中心意思才完整、集中。安排段落順序的時候，可以順敘、倒敘，又可以順敘與倒敘結合、順敘與插敘結合，還可以總—分、總—分—總的形式進行。

文　章	層次劃分	段落順序
“專制”的爸爸	以事物或問題的性質為序	順敘
上學路上的跟蹤者	以時間為序	倒敘
給爸爸的一封信	以作者的認識過程為序	順敘與插敘結合
爸爸為我打開一盞燈	以時間為序與以空間為序相結合	順敘與插敘相結合
爸爸，謝謝你	以空間為序	總—分—總
特殊的生日禮物	以時間為序	順敘
爸爸戒煙	以時間為序	順敘與插敘相結合
否定	以作者的認識過程為序	順敘
父愛無聲	以事物或問題的性質為序	分—總
粗心的愛	以作者的認識過程為序	順敘
想要表揚的爸爸	以逐層深入的剖析為序	順敘
黑眼圈	以作者的認識過程為序	順敘
別樣的爸爸	以時間為序與以空間為序相結合	順敘
冷淡的愛	以空間為序	順敘
寂寞的愛	以時間為序	順敘與插敘相結合

“專制”的爸爸

說到爸爸，我真是有一肚子苦水要倒。在我的生活中，他簡直是一個專制的爸爸。瞧他是怎麼干涉我的自由的吧。

早晨，他一定會在六點半的時候把我叫醒，不管是在寒冷的冬天還是在酷熱的夏天，他都像鬧鐘一樣準時。我是多麼留戀舒服的牀啊，一點也不想起來。可是跟他抗議過多少次了，都是反對無效。還不止這樣呢，他規定我必須在二十分鐘內把牀鋪整理好，刷牙洗臉完畢，然後跟他一起出去跑步。碰到天氣不好，實在不能出門的情況，他還是不放過我，叫我在家裏的跑步機上跑半個小時。

爸爸連我吃飯也要管。我喜歡吃肉，可每次吃飯只要我的筷子往盛肉的碟裏多伸了幾次，一定會中途被爸爸“擋駕”的。他還大把大把地往我碗裏夾蔬菜，非要我吃下去不可。唉，實在難以想像我連吃飯都是為了完成爸爸佈置的任務啊。

在學習上，爸爸更是專制了。放學回到家，我總是一坐下就打開電視機看動畫片。可是爸爸每次下班回家看到了，都會全然不顧我的強烈抗議，拿起遙控器就把電視機關了。他的理由倒是冠冕堂皇：“先做作業，做完再看。”聽了他的話，我只好乖乖地回房間做作業了。

看，爸爸就是這樣專制的了！可奇怪的是，在爸爸的專

制統治下，我居然養成了早起的習慣，上學從沒遲到過。我的身體也很結實，連感冒也很少患。我的學習成績也一直很好。隨着年齡的增長，我對爸爸的專制不反感了。我終於明白了爸爸的良苦用心，也體會到爸爸這些專制措施背後蘊涵着的對我多麼深刻的父愛！

（羅小燕）

本文採用了典型的正話反說的形式，用看似委屈，實則感激的語調，通過對一系列日常事務的描寫，把一個“專制”爸爸的形象鮮活地表現在我們面前，同時表達了作者對爸爸“專制”的認同和理解。文章以問題的性質為序，第一層講爸爸叫“我”起牀，“一定會在六點半的時候把我叫醒”，第二層講“爸爸連我吃飯也要管”，第三層講“在學習上，爸爸更是專制了”。每一層講的是一個問題，反映了爸爸的“專制”。

上學路上的跟蹤者

早上，初升的太陽散發着柔和的氣息，一切都像剛睡醒的樣子，有點慵懶，但又充滿生機，新的一天又開始了。我背着書包，來到學校。看到班上很多同學上學還靠家長接送，我就為自己能獨自上學而驕傲。但是，這不是輕易做得到的，我想起了去年的這個時候。

那時新學期還沒有開學，爸爸提出了讓我開始獨自上學的建議。可是媽媽第一個反對。她說路上車多，怕不安全，又說我走路慢，怕我遲到，還擔心我在路上遇到壞人。爸爸媽媽爭論了很久，最後媽媽才勉強同意了。

開學的第一天，我第一次獨自上學。當時，我很興奮，這說明我長大了啊。不過也有點害怕，儘管路線我已經很熟了，但畢竟從來沒有一個人走過啊。媽媽叮囑我許多要注意的事項，爸爸鼓勵了我一番之後，我就出了門口。路上，我聽從媽媽的話，按平時的路線向學校走去。到了學校門口，我輕輕地舒了一口氣，回頭看了看，卻發現一個熟悉的身影匆匆離去。

第二天，我又獨自去上學。一路上，我不時偷偷地回頭看，總發現那身影就在我後面若即若離的地方，過馬路時，他離我最近，顯得比我還緊張。我心裏笑着，裝作甚麼也沒

看見，繼續走。

不知過了多久，他不再跟蹤我了，我也不害怕了。我總覺得無論我走到哪裏，他都總是跟在不遠的地方。

跟蹤我的，就是爸爸。我知道，爸爸不願意嬌慣我，希望我有獨立的能力，但他又不放心，因此選擇了暗中保護的方式。其實這樣做他是要付出雙重的心力的啊。在我的人生路上，爸爸總是這樣關注着我，而我則在這樣的父愛中自由地成長。

（王家燕）

評語

文章開篇較為抒情，並通過觸景生情的方式，使文章非常順利地過渡到了對往事的回憶。文章的回憶實際上是一種倒敘，通過倒敘的手法，刻畫出了一個既要鍛煉孩子獨立精神，讓他獨自上學，卻又放心不下，在後面尾隨跟蹤的父親的形象，讓讀者感受到了流淌其間濃濃的父愛。

文章以時間為序來劃分層次，“那時新學期還沒有開學”、“開學的第一天”、“第二天”、“不知過了多久”分別作一個層次。層與層之間銜接自然，完整地交代了“我”學會獨自上學的經過。

給爸爸的一封信

敬愛的爸爸：

近來過得好嗎？很久沒有見到您了，我很想念您呢。您甚麼時候才能回來呢？我的鋼琴越彈越好了，您回來後我一定彈幾支最拿手的曲子給您聽。

爸爸，在我的印象中，您長年在外地，工作一定很辛苦吧？從小，我習慣了跟媽媽生活，很少跟您在一起。記得以前有一次在課堂上，老師讓我們寫關於父親的作文。當時，我腦子裏一片空白，不知道寫甚麼才好。可如果現在要我寫，我肯定能寫很多很多。因為我懂得了就算您在很遠的地方，我很掛念您，您也掛念着我們。您所做的一切都是為了我們這個家，為了給我創造一個良好的環境。

有一年快過年的時候，我看到您和媽媽在客廳商量家裏的收支問題。當時，您堅決地要把大部分錢用到我身上。例如您知道我喜歡音樂，特地拿出一筆錢給我買鋼琴，還讓媽媽為我找一個好的鋼琴老師。而媽媽就説要給您買一件新的大衣，可您就是不肯。新年裏，您還是穿着那件袖口都磨花了的舊大衣嗎？您不冷嗎？爸爸，今年您一定要買件新的啊。

我現在每天都堅持練琴，每次彈琴前都會想到您。我覺得您並沒有離開家，時時刻刻都在我身邊，看着我成長。

我還有很多話要跟您説呢，可我等下就要去上課了。所以，下回再寫哦。

祝

身體健康，天天開心！

女兒敬上

2007 年 8 月 22 日

(張子俊)

評語

本文採用書信的方式，先敘述“我”對爸爸的思念，講“我”對爸爸的印象，再通過插敘爸爸給女兒買鋼琴，而自己連一件大衣也捨不得買這一細節，成功地塑造了一個捨己為家的父親形象。全文以作者對爸爸的思念為序，第一段講“我很想念您”，第二段講“我很掛念您，您也掛念着我們”，第三段插敘，目的是強化“我”想念爸爸的原因，第四段講“每次彈琴前都會想到您”。思念像一條線索，把整篇文章串了起來。文章語言雖然平易樸實，卻真摯感人，拉近了作者與讀者之間的距離。

爸爸為我打開一盞燈

晚上，四處靜悄悄的，這棟樓房的大多數人已經入睡了。我還在燈下復習，因為過幾天就要大考了。窗外黑乎乎的一片，讓我覺得夜已經很深，而我似乎一分鐘也難以堅持下去。可就在這時，從爸媽的房間裏射來了一片亮光。我立刻像有了夥伴似的，重新來了精神，繼續埋頭復習。

一連幾天，爸媽房裏的燈都在這時打開，一直到我睡下後才熄滅。我覺得很奇怪，就問媽媽是怎麼回事。媽媽告訴我，燈是爸爸打開的。他正是擔心我晚上復習功課時睏倦，才打開燈陪伴我，給我鼓勵的。因為媽媽晚上開着燈時睡不着覺，所以爸爸總要等到媽媽熟睡之後，才把燈打開。

聽了媽媽的話，一股暖流流進我心裏。我想起了以前住老房子的時候。記憶中，老房子的樓道很黑。但我每次回來的時候，樓道裏總是燈火燦爛的。現在想來，原來是爸爸每天在我放學回來之前就把燈打開……

在我的生活中，爸爸總是為我打開一盞又一盞燈，幫我驅走黑暗。而那些燈就好像是爸爸的眼睛，帶着溫暖與光明，鼓舞我前行。

（張偉）

評語

作者採用了順敘與插敘相結合的方式，寫了一件普普通通的事情，普通得如果不經意，可能誰也注意不到的事情。雖然是普通，可一經點撥，就給讀者帶來了心靈的震撼。是啊，我們的身邊不是經常有這樣細微卻充滿了愛意的事情發生嗎？問題的關鍵是我們有沒有一雙善於發現愛的眼睛。

文章採用了時間與空間相結合的方式，從"晚上"到"一連幾天"，從"這棟樓房"到"老房子"，讀來更能給人真實、親切的感覺。

爸爸，謝謝你

整理影集的時候，我發現照片裏不是經常可以看得到爸爸的身影。少數的幾張裏，爸爸總是在忙碌，多是不經意拍下來的。哦，爸爸……

每次有小朋友來家裏玩，我們在客廳裏玩得樂翻天的時候，你卻總在廚房裏忙碌。你常說的一句話就是："開飯啦！"當我們圍在桌旁吃飯時，你卻還在廚房裏收拾東西。雖然你很少露面，但朋友們都知道我有一個好爸爸，都公認你的手藝是最棒的。

全家外出玩耍時，你簡直就成了一個勤務員：提東西、買票、買吃的喝的，為的是讓我們痛痛快快地玩。可是，我從沒見你放開地玩過，難道你不喜歡玩耍嗎？

我們玩得開心，要拍照留念時，你就成了專業攝影師。一張又一張精美的照片，源源不斷地從你不知疲倦的手中流出，可你卻從來沒有想到讓我們給你也拍上幾張。照片裏雖然沒有你的身影，但我可以感覺到，每張照片上都有你的氣息。

爸爸，謝謝你，謝謝你為我撐起了照片上我身後那片蔚藍的天空；謝謝你為我帶來了照片上那如花的笑靨……

（李永強）

本文採用散文的形式，以空間為序，第二段講在家裏時，第三、四段講外出玩耍時。通過對幾件看似毫不相干事情的描寫，活靈活現地刻畫出了一個勤勞、充滿愛心的父親的形象，達到了散文“形散而神不散”的境界，值得借鑒。

作者採用的是總—分—總的寫法，開頭與結尾是總結全文的主旨，中間三段是為烘托主旨而寫的，每一段的意思都很完整、集中，起到了逐層深化主旨的作用。

文章語言樸實而富於情感。

特殊的生日禮物

我十歲生日快到了。一個月前我就開始盼，爸爸媽媽會怎樣給我過生日呢？外婆舅舅們肯定都會來，他們會給我帶來些甚麼呢？還有表姐們……

生日那天，家裏來了很多客人，吃飯時足足坐了三桌呢。爸爸媽媽做了很多好菜，大家都吃得很開心。表姐表弟們跟我又唱又跳，玩得可瘋了。他們帶來了好多禮物，我的小牀都快被堆滿了。

睡覺前，我開心地拆開各個禮物包。外婆的口琴，表姐的布娃娃，媽媽的童話書……都是我很喜歡的。我越拆越開心，最後輪到爸爸那個正方形的禮品盒了。爸爸每次都會給我一個驚喜，這次會是甚麼呢？我心裏猜想着。打開禮品盒一看，盒子裏居然甚麼都沒有！我覺得很奇怪，不會是爸爸忘了把禮物放進去了吧？還是他想跟我開個玩笑？不管怎麼樣，我還是很失望。

第二天早上，媽媽來到我房裏，笑着問我："怎麼樣，昨天過得開心嗎？"我遲疑了一下，看着爸爸給我的空盒子，沒説甚麼。媽媽哈哈一笑，拿起盒子，説："這是你爸送你的禮物吧？"她意味深長地看着我："你很失望，對吧？他一定是知道你盼禮物盼很久了，所以要送你一個失望。你長大

注意段落與層次的劃分

了，他應該是想要你知道，生活是不會事事如願的。你將會經歷很多失望，而你就要學會承受，做一個堅強的人。”

啊，原來爸爸的禮物還有這樣的深意。我喜歡爸爸這份特殊的禮物。我會好好珍藏這份禮物的。

（吳宇聰）

評語

整篇文章以禮物為線索，採取順敘的敘述方法，以時間為序，從一個月前的盼禮物，到生日那天的收禮物，到睡覺前的拆禮物。寫作者收到爸爸的空盒子時，巧妙地設置了一個大大的懸念。文章接着借母親之口解除疑惑，揭示了爸爸的禮物很簡單，卻用心良苦。

本文構思新穎，語言流暢，不失為一篇佳作。

爸爸戒煙

爸爸很愛吸煙，沒事的時候總是悠閒地吐着煙圈，忙的時候更是煙不熄火了。媽媽勸過他戒煙很多次了，他都沒有戒掉。

一次，我感冒了，一聞到煙味就咳嗽不停。爸爸見了就躲到陽台上去吸煙，一連幾天都這樣。可我咳嗽總不見好。爸爸着急了，生怕我有甚麼大問題。為了不讓家裏有煙味，他不在家吸煙了。

過了十多天，我終於好了，爸爸也才放下心來。但這次我生病顯然觸動了他。他對我說：“看來我吸煙確實對你們身體有害啊，我戒煙吧。”我聽了，很高興。可媽媽就是不相信爸爸能把煙戒掉，因為她以前不知為此付出了多少努力，可都是白費勁呢！

果然，爸爸動真格的了。他把打火機、煙、煙灰缸等都扔了。我記得以前有那麼一次，媽媽勸爸爸戒煙，把他的煙扔了，爸爸很生氣，還跟媽媽吵了起來。可想而知，現在他把有關煙的一切都扔得這麼徹底，真不容易啊。他買了很多口香糖回來，一有煙癮就嚼幾塊。有時即使難受得在家裏竄來竄去，抓耳撓腮的，他也堅決不吸，我看了都覺得很難受。終於，最艱難的第一個星期過去了，爸爸沒有吸煙，我

注意段落與層次的劃分

們全家慶賀了一番。

三個月後，爸爸終於把煙完全戒掉了，還把省下來的煙錢給我買了好幾本書。他笑着對我說：“爸爸要謝謝你呢，要不是你，這煙還真戒不了！”我也笑了，笑得好開心。

（黃美苑）

本文採用順敍的敍述方法，以時間為序，由“我”生病而逐漸引出爸爸戒煙的故事，生動地描寫了爸爸戒煙的艱難過程。文中第四段運用了插敍的敍述方式，描寫了爸爸以前戒煙的“不良表現”，跟現在的表現形成了鮮明對比，表現出了爸爸這次戒煙的堅決。

全文只是單純地對爸爸戒煙的過程進行描寫，全然不提“父愛”二字。可讀者真切感受到的是，父愛的力量是多麼的強大。

否定

浩浩退後幾步，欣賞着畫板上剛剛畫好的素描作品。這是一幅靜物素描圖，不說圖畫本身栩栩如生，就連光線的強弱變化也用線條表現得極為充分。他的嘴角微微上揚，看得出來他對自己的作品也很滿意。

“重畫！”父親冷冷的聲音從身後響起。浩浩很詫異，轉過頭來看着神情冷峻的父親，剛才燃起的自信和得意已在瞬間熄滅。父親好像沒有看到浩浩表情的變化，繼續道：“這麼長的時間才畫了一幅作品，太慢了。而且，你的畫也沒甚麼好看的。給我重畫！”

浩浩沉默不語。父親將畫從畫板上取下來，冷峻地轉身離去。就在父親轉身帶上房門的一剎那，浩浩那早在眼眶內打轉的淚水終於掉了下來。為甚麼父親就看不到他的進步呢？為了畫好那幅畫，浩浩認真地畫了整整一個下午，目的就是希望能得到父親哪怕一絲一毫的讚美。可是，為甚麼他的畫在父親的眼中就始終是不夠好的呢？

一個月後，浩浩面帶微笑，從容地走出青少年即場繪畫比賽大廳。在他身後，是一大羣還沒有畫完、正在抱怨的學生。

回家後，還不等浩浩匯報比賽的成績和情況，父親已興

奮地說：“我知道你肯定行的。太棒了！只有能夠在短時間內把畫畫好，才離成功近了一步，也只有畫完了的作品才有可能獲獎呀！”聽到父親的話，一直覺得父親要求過於苛刻的浩浩恍然大悟：父親當初的否定只是為了使他今後能得到社會的肯定呀。父親的愛雖然帶着嚴厲的要求，可那正是為了他日後能成功！

這一次，是浩浩第一次深刻地感受到父親嚴厲的愛。

（文英玲）

評語

浩浩的畫是成功的，父親的“畫”也是成功的，因為他用一種嚴厲的愛培養了孩子自強不息、追求完美的品質。文章以作者的認識過程為序，揭示了父親為了培養浩浩，他“神情冷峻”，但父親這樣冷峻其實是有苦衷的：“為了他日後能成功。”文章採用順敘的手法，通過對浩浩動作、神情的白描和對其心理活動的刻畫，以及父親前後語言的對比，隨着情節的發展，一對有血有肉的父子形象躍然紙上，且結果出人意料卻又在情理之中。

父愛無聲

如果説父親是一座靜默的高山，那巍峨的氣勢是孩子心中的光榮，那沉穩的氣質是孩子心中的信仰，那麼，父愛就是那漫山遍野的蒼翠大樹，給孩子以仰之彌高的渴望。

如果説父親是一條流淌的河流，那濺起的水花是孩子心中的精彩，那澎湃的起伏是孩子心中的勇敢，那麼，父愛就是河底光滑而美麗的卵石，給孩子以繽紛絢麗的夢想。

如果説父親是一塊堅硬的石頭，那曲折的線條是孩子心中的堅強，那斑駁的花紋是孩子心中的成熟，那麼，父愛就是那無言但忠實的注視，給孩子以無憂無慮的快樂。

如果説父親是一片肥沃的稻田，那沉甸甸的稻穗是孩子心中的收穫，那清新的稻香是孩子心中的希望，那麼，父愛就是那不求回報的給予，給孩子以厚實周到的保護。

父親是一首詩，父愛是那動人的韻律。如果你用心聽，總能發現它的纏綿深長。父親是一本書，父愛是那優美的文字。如果你認真看，總能發現它的深刻樸實。父親是一齣戲，父愛是那跌宕的情節。如果你仔細想，總能發現它的曲折深沉。

都説“父愛無聲”。其實，如果你用心去找，你一定能發現它無時無刻不在你的周圍：一個鼓勵的眼神，一句不

經意的讚美，一聲平常的問候，甚至一次嚴厲的批評……你發現了嗎？

（賀文婷）

評語

這篇文章用詩歌般的筆調歌頌了父愛，詮釋了父愛。優美的詞語、整齊的句式讓讀者感受到了流淌其中的脈脈溫情。貼切的比喻、豐富而具有象徵意義的意象，使人沉思之餘，又產生了一份沉甸甸的感動。比喻描寫不僅可以運用在描寫人物肖像、動作等方面，而且可以用於描寫人物的性格特徵、心理變化等。這篇文章以事物的性質為序，用優美的比喻把父親當作高山、河流、石頭、稻田等等來描寫，很是值得借鑒。

另外，文章段與段之間是分—總關係，前面五段是分，逐段講父愛是怎樣的，最後一段是總，總說父愛的普遍存在。

粗心的愛

秀秀拿着遙控器按來按去，最後一丟，抱着雙腳窩在沙發上。她看了看空蕩蕩的房間，算了算，應該有五天沒有見到爸爸了。與爸爸離異後的媽媽去了國外，秀秀就只有爸爸一個可以依靠了。但是，爸爸卻總是忙於工作，早上秀秀還沒起牀，爸爸就已經出門了；晚上秀秀睡着了，爸爸才回到家來。這一次，秀秀打定主意：今天一定要等到爸爸回了家才睡。

過了很久，門口終於傳來鑰匙轉動的聲音。“秀秀，爸爸要出差幾天。這些錢留給你用，好好照顧自己啊！”爸爸一邊說一邊往房間裏走。“爸，你就不能陪我一下嗎？”秀秀跟着來到房間裏。

“可爸爸工作太忙了啊。”爸爸一邊收拾衣物一邊回答，連頭也沒有抬一下。眼看着好不容易等到的爸爸又要離開，秀秀的眼淚再也忍不住了。“爸爸，你是不是不愛我了？為甚麼你從不關心我呢？”

聽到秀秀的哭訴，爸爸頓時怔住了。他沒有料到秀秀會有這樣的想法，更沒有想到自己的孩子會感到這麼孤單。

“不！爸爸，我不要錢！我只要你陪我，關心我，愛我，能在我睡覺的時候跟我說‘晚安’，能陪我一起看一會電

視……”秀秀泣不成聲。

爸爸的眼角不禁濕潤了。他把秀秀摟在懷裏，說：“對不起，秀秀，爸爸以前忽略你的感受了。爸爸答應你，出差回來後一定好好彌補，好嗎？”

不一會，房間裏又只剩下秀秀一個人。可她並不感覺孤單，因為她知道，爸爸是愛她的，只是有點粗心而已。

（張怡然）

文章以作者的認識過程為序，敍述了一個孩子埋怨爸爸不夠關心她的故事。首先是秀秀的埋怨，接着是爸爸眼角的濕潤，最後是秀秀明白了爸爸，這就是一個由不解到瞭解的認識過程。作者在描寫爸爸的形象時對其動作和語言的描述使用的是白描的手法，生動形象地勾勒了一個成天忙於工作的爸爸的形象。對秀秀語言的描寫則飽含感情，反映了秀秀對爸爸愛的留戀和渴望，給人的感受特別深。文章用的是順敍手法，按事情的發展順序去寫。

想要表揚的爸爸

爸爸今天可真奇怪，回家時竟然快樂地哼起了小調。他還一進屋就把我和媽媽召集到客廳，高興地說要宣佈一件事。“你們猜，我今天帶了甚麼回家？”

媽媽漫不經心地回答：“給孩子的禮物吧？”一聽到“禮物”二字，我也跟着嚷：“甚麼禮物啊？快拿來給我看看。”

爸爸將身後的東西緩緩在我們眼前打開。“榮譽證書？”我和媽媽異口同聲地喊道。

爸爸在我和媽媽的叫聲中微微有些得意，說：“沒想到吧！是總公司給我的個人獎章！”失望的我不滿地嘟囔了一句：“我還以為是給我的禮物呢……”

“難道你們就沒有甚麼要對我說的嗎？”爸爸得意之餘有些失望。看到我和媽媽還沒反應過來，爸爸首先向我開炮：“你以前獲了獎的時候，爸爸是怎麼跟你說的？”

我和媽媽納悶地對看了一眼，哦，原來爸爸也想要我和媽媽的表揚啊！媽媽笑了，說：“祝賀你！今天晚上我做些好吃的為你慶祝吧！”說着轉身就到廚房裏去了。

想到爸爸可愛的表情，我就故意板起面孔，說：“爸爸同學，你可不要驕傲，要再接再厲，爭取更上一層樓哦。”話還沒說完，我和爸爸就笑成一堆了，“爸爸，以前我獲獎

了，你可是這麼教育我的哦。”

其實，大人也喜歡被表揚的感覺。有時候，也給父母一些獎勵吧！

(陳意堅)

來自日常生活的笑語讓整篇文章洋溢着歡快的氣氛。

文章以逐層深入的剖析為序，第一段為第一層，講爸爸“真奇怪”。第二、三、四段為第二層，揭示爸爸帶回家的究竟是甚麼。第五、六、七段為第三層，交代爸爸為甚麼又得意又失望。最後一段是第四層，講明文章主旨。這樣逐層深入去寫，層次就很清楚了。總的來說，文章用的是順敘的手法。

黑眼圈

爸爸是一個很普通的上班族，每天很有規律地過着朝九晚五的生活。我從來不覺得向來穩重的爸爸身上會發生甚麼驚天動地的大事，所以我從來不會像別的小孩那樣把爸爸當英雄。

今天是週末，爸爸按照約定，一家人去海洋公園玩。海洋公園人聲鼎沸，我興奮得跑來跑去。爸爸媽媽的呼喊聲被我拋在了腦後，他們總是跟不上我的腳步。跑夠了，坐下來休息的時候，媽媽一邊為我擦汗，一邊說："你就不能慢點跑嗎？看看你爸爸，為了跟上你，也跑得氣喘吁吁了。"

我轉過頭去看爸爸，果然，額頭上佈滿了細細密密的汗珠，有的還順着兩頰流了下來，原本黃黑的臉上因為運動劇烈而泛起了紅暈。可是，爸爸今天看起來很疲累，眼睛下面兩個大大的眼袋和黑眼圈可以跟剛看到的熊貓相比了。為甚麼會這樣呢？我偷偷地問了問媽媽。

"你爸爸昨晚接到上司的電話，說要趕一份計劃書。為了遵守對你的承諾，你爸爸連夜工作到今天早上，才打了個盹就跟你出門來了。瞧你把你爸累得！"媽媽在我耳邊小聲地說着。

聽了媽媽的一番話，我沉思起來。這麼多年來，爸爸對

我的愛如和風中的細雨，點點滴滴，散落在生活的細節中。可惜我到了今天才覺察到。爸爸今天的黑眼圈，讓我第一次意識到爸爸是一個真正的英雄，一個從不張揚卻深深愛着他的孩子的大英雄！

（張天標）

評語

和母愛相比，父愛顯得含蓄得多。在這篇文章中，嚴父的形象被顛覆，取而代之的是一個無怨無悔地呵護着孩子的慈父。文章採用順敘的手法，以作者的認識過程為序。先寫爸爸“很普通”，在他身上不會“發生甚麼驚天動地的大事”，不是作者心中的英雄。再寫一家人去樂園玩，“我”發現爸爸的黑眼圈，媽媽為我解疑。最後寫“我”沉思，認識到其實“爸爸是一個真正的英雄”。

別樣的爸爸

爸爸是一個很嚴厲的人。從小到大，只要我做錯了事情，他就會板起臉來批評一通，也不管我是不是有甚麼苦衷。可在那幾天，我卻見到了一個別樣的爸爸。

那一天，媽媽出差去了，我突然發起了高燒。迷糊中，躺在房間牀上的我給爸爸打去了求助電話。爸爸接到電話，慌忙丟下他一向視為生命的工作，急匆匆地從公司趕了回家。見到我辛苦的樣子，他六神無主，過了幾分鐘才想到應對的辦法：把我送進醫院。

在醫院的病房裏，爸爸似乎失去了平常的冷靜和鎮定，變得很不安。他在我的病牀前面焦躁地走來走去，還時不時湊近我，問我感覺好點了沒有。或許是因為我很少生病，或許是因為我蒼白的臉色與我一向活潑亂動的性格反差太大，爸爸好像很難適應我安靜地躺在病牀上的模樣。這時，距離我打電話給爸爸已經過了三個小時。

過了一會，爸爸問：“小玲，要不要喝水啊？”我搖了搖頭。“那爸爸給你削個蘋果，怎麼樣？”見到我點頭，他就很開心地拿起水果刀，笨拙地削着蘋果。一邊削，還一邊解釋：“小玲，以前都是吃你媽媽削好了的蘋果，我還不太會削……”看到爸爸一副認真的表情，我突然發現爸爸原來是

這樣的可愛。吃過蘋果後，爸爸摸了摸我的額頭，說："已經好多了。別擔心，好好睡一覺，醒來就好了。"

雖然我根本睡不着，但我還是聽話地閉上了眼睛。爸爸細心的照顧，讓生病的我感覺到了一種前所未有的幸福，我竟然期盼我就一直這樣病下去。想到爸爸擔心的眼眸，我不禁睜開了眼睛，卻看到爸爸正在忙於給我沖牛奶。腳步是那樣的輕盈，生怕吵醒了我一樣。剎那間，我的眼淚流了出來……

（吳小玲）

文章以順敘的手法，敘述了一個父親在醫院照顧生病的孩子的幾個片斷，全文籠罩着濃濃的父愛。

文章以時間與空間相結合的形式，描寫了一個"別樣的爸爸"。先是三個小時以前，"我"在家裏求助，爸爸"從公司趕了回家"。然後空間由家轉移到醫院的病房裏，爸爸焦躁，"變得很不安"。"過了一會"，爸爸削蘋果，"吃過蘋果後"，"我"很有感觸。這樣去寫，文章就次序井然，有條有理了。

冷淡的愛

以前，我不喜歡爸爸。為我準備早餐的是媽媽，陪我去公園玩的是媽媽，當我獲獎時在眾人面前為我驕傲的是媽媽，當我傷心時安慰我、鼓勵我的也是媽媽……爸爸平時在家中很少說話，但他說的每一個字我都必須當作命令來接受。一句話，他是一個嚴厲又冷漠的人。

有一次，餐桌上，媽媽興奮地告訴爸爸，老師說我的表現很好。可爸爸連個笑容也沒有，只是淡淡地瞥了我一眼，然後說："不要驕傲。"我低下頭，爸爸的這種反應早在我的預料之中了。我一直很努力，只是為了爸爸能為我感到驕傲。可是……

終於，房間裏，我向媽媽講出了疑問："媽媽，爸爸愛我嗎？"媽媽笑了，說："傻孩子，怎麼會問這樣的問題呢？其實在你看不見的角落裏，爸爸一直關注着你的喜怒哀樂，你的成功和失敗……"可是，關注我的人不是一直只有媽媽嗎？我在心裏默默地反駁着。

媽媽像是聽到了我心裏的話，說："跟你交流的是我，但幕後的指揮卻是你爸爸。還記得上次你的生日晚會嗎？爸爸為了買到你最喜歡吃的菜，早飯都沒吃就出去了。那些送給你同學的禮品也都是他精心挑選，從很遠的地方買回來

的。爸爸一直都認為你是他最棒最聽話的兒子，是他的驕傲。否則，你爸爸的朋友怎麼全都知道你很棒呢？”

“你是他最棒最聽話的兒子！”媽媽的話不時在我的腦海裏回響。這話雖然沒有親耳聽到爸爸說，卻讓我很激動：爸爸愛我，我愛爸爸。

（戴月蓮）

順敍是這篇文章採用的主要敍述方法。媽媽的一番話，讓孩子從細節中收穫了一份感恩的心，嚴厲而冷漠的爸爸最後成了孩子眼中最值得尊敬和熱愛的人。這與其說是媽媽的功勞，還不如說是爸爸看似冷淡實際上卻煞費苦心的愛最終感動了孩子。文章以空間為序，先講餐桌上發生的事，再講房間裏媽媽說的話，寫得很流暢。

寂寞的愛

老李下班回家後，妻子興奮地告訴他，兒子晚上會回家吃飯。老李知道後，心裏有一絲顫動。年幼時兒子貪玩不回家吃飯的時候，他總要對他發上一通脾氣，然後看着他把媽媽為他留的飯菜吃個精光。不知道從甚麼時候開始，兒子越來越高大，漸漸地有了自己的生活，也有了不回家吃飯的正當理由……

"爸，媽，我回來了。"正想着，兒子已從外推門而入。看到兒子精神煥發的樣子，老李心裏感到一陣欣慰。兒子很像年輕時候的老李有活力、有幹勁，以及對未來充滿憧憬的樣子。"工作辛苦嗎？"老李試探地問道。

"不辛苦。"兒子簡練的回答打消了老李繼續問下去的念頭。他拿起筷子，像以前一樣把一塊雞腿放到兒子的碗裏。"吃吧，多吃點。"

"爸，您要是身體不好的話就提前退休吧。"兒子咬了一口雞腿後，放下筷子說。老李能聽出兒子話裏的關切。是啊，角色變換了，現在已經是兒子為父親的生活提出建議和作出安排的時候了。或許，是應該放手讓孩子自由地去闖蕩自己人生的時候了。這種想法讓老李有些得意，又有些惆悵。

老年父親對成年兒子的愛被時間劃上了些寂寞的痕跡。

就像看着自己放飛的鳥兒在天空翱翔，自己怎麼也無力跟上一樣，內心難免堆積着些許愛的失落和慈祥的祝福。

（陳木林）

父愛是深沉而含蓄的，對一個老年的父親而言尤其如此。

文章以時間為序，巧妙地把順敘與插敘結合起來，描寫和刻畫了父親對成年兒子略帶失落但濃烈的愛。而對父親心理的正面描寫與對兒子言語的側面描寫相互穿插，更展現出了一幅幅生動溫馨，令人感動的畫面。

第二章　寫好開頭與結尾

就作者而言，開頭是寫文章的時候首先就要寫的部分。因為，如果不寫開頭，文章就沒有所謂的中間，更沒有所謂的結尾，這是其一。其二，如果先寫中間和結尾，再回過頭來寫開頭，那就會影響文章的結構，或者引致文章脈絡不清晰。就讀者而言，開頭是閱讀文章的時候首先接觸到的部分。因為，如果給你一篇文章，你跳過開頭不讀，先讀中間和結尾，那你就不能第一時間瞭解到文章的主旨或寫作背景或寫作動機。而且，你也會失去文章給你的第一印象，因為有人說，讀者對文章的第一印象來自開頭。所以說，開頭在文章中扮演着重要的角色，文章不能沒有開頭。也正因為開頭重要，寫好開頭才更重要。須知道，一個好開頭就是一個好開始，這就是所謂的"善始"了。

文章要"善始"，也要"善終"。結尾就跟文章的開頭和中間一樣，地位重要，所以必須寫好結尾。怎樣才能寫好結尾呢？首先，當寫好開頭和中間之後，要記得寫結尾。忘了寫結尾，文章就沒有結尾，更談不上寫好結尾。這就好比一齣電影沒有結局那樣，令人遺憾。其次，要懂得怎樣寫結尾。例如，可以用首尾呼應的方式去寫，開頭說了甚麼，在結尾再呼應一下，就可以起到強調的作用，使讀者對文章的主旨之類印象深刻。總之，像豹尾那樣含蓄有力的結尾，就是好結尾。"善始"與"善終"是統一的，只有"善始"沒有"善終"，文章就美中不足了。

文章	開頭	結尾
一杯白開水	開門見山，揭示主題	總結全文，深化主題
爸爸是個效率專家	引用人物語言	呼應開頭，深化主題
愛，融化了堅冰	交代背景	呼應開頭，深化主題
我的爸爸	描寫人物形象	抒發情懷
爸爸教我釣魚	從故事開頭講起	揭示哲理
愛與愁	交代背景	含蓄
日記一則	從故事開頭講起	含蓄
分享的快樂	從故事開頭講起	總結全文，深化主題
"狠心"的爸爸	抒發感情	含蓄
逼我下水的爸爸	交代背景	抒發情懷
爸爸從前也是小男孩	從故事開頭講起	展示結局
我的"玩具爸爸"	開門見山，揭示主題	抒發情懷
輪到你了！	引用人物語言	揭示哲理
財富	開門見山，揭示主題	總結全文，回應開頭，強化主題

一杯白開水

一杯白開水，淡而無味，可偏偏就是一杯白開水，化解了我與爸爸之間的矛盾。

我和爸爸的關係從來就不好。爸爸脾氣暴躁，發火的時候非常嚇人。有時候，如果我考得不好，那麼，不管是不是當着客人的面，爸爸都會劈頭蓋腦地斥責我。這真是讓人難堪極了，因此我心裏有些“恨”他。就這樣，處在叛逆的青春期的我，常常會為了一點點小事情而故意跟爸爸唱反調，雖然有時候明明知道爸爸的話還是很有道理的，但是一看到爸爸被我氣得吹鬍子瞪眼的模樣，我的心裏就有種莫名的快感。

我跟爸爸的矛盾就這樣僵持了好長時間，直到有一天，情況才起了變化。

那是暑假裏的一天，我倒了一杯水，涼好了，剛要喝。這時候，爸爸從外面回來，滿頭大汗的。不知道為甚麼，我竟突然端起水，說：“爸，先喝口水吧！”爸爸突然愣住了，好像不認識我一樣，盯着我看了半天，臉上的肌肉不自然地抽動着。

我完全沒有想到只是一杯白開水，竟然會讓爸爸如此受寵若驚，如此激動。爸爸一邊大口地喝着水，一邊不住地

說："我的女兒終於長大了，知道心疼爸爸啦！"那一瞬間，我忽然意識到，眼看着慢慢長大的我像小刺蝟一樣地反抗、疏遠他，爸爸心裏一定很不是滋味。反省自己以往的行為，我的心裏像打翻了五味瓶似的，甚麼滋味都有。

通過這杯白開水，我讀懂了爸爸。我這才知道，外表兇惡的爸爸其實是愛我的，只是他的感情太粗糙，太過於內斂，以至於他不知道該如何表達……

（張偉）

評語

一杯白開水，淡而無味，除了解渴，還能做甚麼？作者開篇卻說它"化解了我與爸爸之間的矛盾"，讓人不禁心生疑惑。文章選材既有特殊性也有普遍性，能使讀者產生共鳴。這是點題之筆。

文章結尾與開篇遙相呼應，再次提到了"通過這杯白開水，我讀懂了爸爸"，由此突出了父愛的主題。

本文以一杯白開水作為線索，一方面起到了貫穿全文的作用（明線），另一方面也是感情的線索（暗線），虛實相生，頗有特色。

爸爸是個效率專家

“快，快點！”

“快點，不要拖沓！”

以前，我對爸爸的這種命令有着説不出的反感。因為早上還沒睜開眼睛，就已經聽到爸爸重複着下達這樣的命令催促我起牀，就好像馬上要去參加消防演習似的，真讓人受不了。可是現在，事實已經讓我懂得他是對的。

那是一次生存體驗競賽，我和幾位女孩分在了一組，而別的組卻是男生居多。唉，看樣子，我們是必輸無疑了！當比賽正式開始之後，我作為組裏唯一的男生，總得時不時顧着她們：替她們背包、打水，拉她們上山，累得夠嗆。當我們這羣灰頭土臉的夥伴好不容易趕到營地時，其他組對比賽的最後一個任務支帳篷，都快完成一半了。時不待我！我放下背包，立刻吩咐我的女組員們幫忙準備支架等。這時，爸爸經常訓練我的“高效辦事方法”立刻使我們佔盡了上風。我手腳十分麻利，只用了短短幾分鐘，就把帳篷紮好了。再看看其他組，哈哈，還在瞎忙乎、亂吆喝呢！

在競爭面前，我的高效率為我們爭取了最後的一點點時間，使局面頓時發生了逆轉，這真是太令人高興了！這一切，都得歸功於爸爸，歸功於他對我“快，快點！”的教育。

（李乙強）

“快，快點”是作者的爸爸經常說的一句話。文章用“快，快點！”“快點，不要拖沓！”開頭，未見其人，先聞其聲，營造了一種緊張的氣氛，形象地反映了爸爸對作者的“高效”要求。

文章的結尾講到：“這一切，都得歸功於……‘快，快點！’的教育。”這樣的重複是點睛之筆，言有盡而意無窮。

本文的特點是，文章通過在開篇和結尾引用爸爸的名句，一來可以強調爸爸教導的作用，二來可以反映爸爸在作者心目中的分量，而在通篇描寫中卻未見爸爸的半點蹤影。

愛，融化了堅冰

爸爸是個倔脾氣的人，我也倔得像頭牛。父子倆意見不合，三言兩語就犯脾氣了。我們在一塊兒也沒甚麼好說的，沉默得像冬天湖裏的冰。

直到媽媽走後，這一切才發生了改變。那些日子，我的心空落落，像丟失了甚麼似的，想哭，卻哭不出來。沒想到的是，爸爸也生病了，他那強壯得像城堡一樣的身體轟然坍塌，站也站不起來了。他整天躺在牀上，頭髮像野草一樣糾結着，臉比秋天的樹葉更加枯瘦。我恐懼極了，生怕他也像媽媽一樣，離開我的身邊。我再也撐不住了，沒人的時候，眼淚就不由自主地流出來。看到爸爸憔悴的模樣，我的心軟得像一灘雨後的泥。可是，如果我也垮了，誰來照顧他？想到這，我立刻揩乾眼淚，振作起精神，端來清水，輕輕為他擦臉。這時，爸爸的淚，一滴，一滴，緩緩地，從眼角滑下……我看到他的眸子裏，映着我小小的身影。

爸爸攥住我的手，捏成拳，放在心口。這是一個突突跳動的溫熱的地方，一個讓我感到震顫的地方。我突然意識到，媽媽的突然離去，使我在這個世界上，除了他，就沒有誰跟我更親、離我更近了。爸爸和我，一對有着牛一樣倔脾氣的父子，其實是如此的互愛和依賴。

現在，我和爸爸再也沒有爭執了。在默默的交流中，我們的心，從未有過的近，水乳交融，再也無法分離。我分明聽到，愛，讓堅冰融化的聲音。

（唐永揚）

這篇文章寫了一個關於父子從水火不容到相依為命的故事。文章先交代父子倆水火不容的背景，以"冰"開頭，形象生動地反映了父子關係的僵硬、冷淡。而母親的去世，就使父子倆意識到，在這個世界上，親人之間應當彼此信任、彼此關愛。文章結尾用詩化的語言說："我分明聽到，愛，讓堅冰融化的聲音。"文章以"冰"開頭，用"堅冰融化"結尾，前後呼應，首尾連貫，很好地反映了愛的主題。

我的爸爸

我的爸爸是個胖胖的人，塌鼻樑上那副黑框眼鏡，總是滑到鼻尖上來。他風趣幽默，嘴角總是微微上翹，笑瞇瞇的樣子，憨憨的，很可愛。

爸爸挺愛美。有一次到外地出差的時候，他看見那裏的年輕人喜歡蓄明星周傑倫那種鬍子，挺酷的，便也下決心跟着蓄。過了一個多月，他回來了，剛到家就站在門口擺"pose"，讓我和媽媽好好欣賞欣賞。我和媽媽見了，笑不可抑。爸爸得意極了，還以為我們喜歡他的新潮鬍子呢！爸爸抱起我就吻下來，可他的鬍子又短又硬，像海象的鬍子，扎得我的嘴巴好痛，我掙扎着逃開了。我向爸爸正式下達"禁吻令"：只要他還保留他的"海象鬍鬚"，就絕對不可以吻我——還有媽媽！爸爸一聽，嚇了一大跳，趕緊去洗手間把好不容易蓄好的鬍鬚剃掉了。我拍着手開心得哈哈大笑。他也笑了，小眼睛只剩下一條縫。真好玩兒！

爸爸是我們家的"笑神"，也非常關心我。每天晚上，爸爸都睡得特別"響"——打呼嚕。他的鼾聲像驚濤拍岸，此起彼伏。我實在不能忍受下去了，大叫一聲："別打鼾啦！"爸爸好像聽到了，乖乖地安靜了下來。可是過不了多久，又開始"演奏"了。不過，一旦暴風雨來臨，爸爸就會立刻翻

身起牀，為我關窗戶，蓋被子，比兔子還警醒呢！

雖然我總喜歡跟爸爸打打鬧鬧，可是他對我的愛，一點一滴，我都記在了心裏。他所做的那些平凡的小事，正是對愛最好的詮釋。

（吳宇聰）

評語

全文語調活潑，充滿了歡樂的氣氛。文章開頭部分簡要描寫了爸爸憨厚而風趣的形象，給人留下了深刻的印象。爸爸與兒子嬉笑的情景也寫得有聲有色。最後，文章以抒情作結，寫爸爸所做的點點滴滴，兒子都銘記在心，抒發了對爸爸的感激之情。

爸爸教我釣魚

爸爸喜歡釣魚。有空的時候，他常常帶上小魚簍、釣餌和摺疊釣竿，驅車去郊外釣魚。我很羨慕爸爸那樣悠遊自在，便央求他帶我去。爸爸猶豫了一小會兒，答應了。我歡天喜地地收拾東西做準備。

在車上的時候，爸爸把釣魚的基本常識都一一告訴了我。我滿不在乎地點頭答應，心想，這還不容易！可是等到真正開始釣魚後，我才發現時間好像凝固了一般，一秒一秒慢得驚人。又過了一個小時，我已腰酸背疼，可是魚兒們仍然不知到哪兒聚會去了，一條也沒來。我不安分了，心想：要是爸爸給我一條魚，那不就行了，何必費時費力像個木偶似的在這兒呆坐着呢！

我忍不住了，連忙央求爸爸給我一條魚。爸爸微微一笑，甚麼也沒說，除了把路上說過的基本常識又說了一遍，然後讓我像剛開始一樣認真等待。我心裏一個勁兒埋怨爸爸小氣，連條魚都捨不得。我正在瞎嘀咕的時候，不料浮子竟然動了幾下，我的手明顯感覺到水底有東西在拽釣竿。呀，魚兒上鈎了！

我歡喜地咧開嘴大笑起來。爸爸急忙把手放在唇邊，叫我輕聲點兒。在爸爸的幫助下，我終於把一尾活蹦亂跳的青

魚拉上了岸。

夕陽西下，我提着滿滿的小魚簍，開心得嘴巴都合不攏了。爸爸笑瞇瞇地看着我，眼神裏滿是讚許。我恍然大悟：爸爸不肯給我魚，就是為了讓我親身體驗體驗釣魚的苦與樂啊！

（黃天高）

這是一篇記敍文。文章敍述了一件小事，從中可以看出，爸爸對兒子的教育是“啟發式”而不是“給予式”的。

文章開頭部分通過簡要地說明爸爸的愛好，以及作者如何對釣魚產生了興趣，來迅速展開故事。在釣魚的過程中，作者的心理發生了兩次轉折。爸爸沒有滿足他的無理要求，只是教導他應當怎樣做時，作者的心理是“埋怨”。當有收穫時，作者的心情是喜悅，作者這才體會到爸爸不肯輕易給予的良苦用心。結尾揭示了中心思想，既點題，又耐人尋味，蘊含哲理。

愛與愁

我看過父親年輕時候的照片，那時的他穿着講究，英氣逼人。可是，現在生活的不如意已一點點地消磨了他的英氣，使他變得脾氣暴躁、易怒。他動不動就呵斥我。記憶中，我總是小心翼翼地做每一件事，為的是盡量避免惹他生氣。上初中的時候，我仍然很怕父親，害怕的同時，內心裏還孕育着那麼一點點反抗的情緒。如果不是那場大病，我想我和父親也許會這麼一直冷戰下去。

那一次，我突然病得很嚴重，吃不下任何東西，到了後來，只能躺在牀上打點滴。父親因此變得很沉默，家裏的氛圍也因為父親的沉默而變得更加讓人難以忍受。一天中午，我強撐着坐在餐桌邊吃了幾口飯。剛吃下去，立刻就哇的一聲全部吐了出來。我趕緊衝到洗手間去漱口。等到我回到餐桌邊的時候，父親已經不在桌旁了。等了半天還不見父親回來，我於是回到自己的房間。無意中透過窗戶，我看到了讓我永遠忘不了的一幕：父親臥在沙發上，一邊抽煙，一邊無聲無息地流淚。煙霧繚繞中，父親整個人顯得那麼憔悴無力。我驚訝地看到父親的黑髮竟然有幾許斑白了，真不知道是甚麼時候變白的。我的眼淚啪啪地掉了下來。父親抬頭看到了我，趕緊別過臉去，用大手抹了一把淚，對我揮揮手。

這是我第一次看到父親的眼淚，那樣無助的眼淚。

後來，父親帶我去了一家醫院治病。我的病好了，父親卻像老了整整二十歲。過年的時候，父親把白髮染黑了，媽媽笑他“未老先衰”。而這時候，我覺得鼻子酸酸的，因為我知道父親是因為我而一夜急白了頭的。那是一種怎樣的愛與愁啊！

（韓靜茹）

這篇文章採用了欲揚先抑的手法，描寫了一個沉默而“冷酷”的父親與孩子之間的故事。

文章的開頭部分先交代背景，以奠定行文的基調：父親由一個英氣逼人的青年變成一個暴躁、易怒的人。這種變化是由生活的不如意引起的。父親的悲哀，其實是生活的悲劇。文中講到，父親因為孩子生病而默默流淚，甚至一夜急白了頭。這種近乎平淡的、反映父親的愛與愁的敘述，深深地打動了讀者的心。文章結尾含蓄雋永，意味深長，在感情表達上與開篇形成了鮮明的對照。

日記一則

我的心情糟透了！為甚麼弟弟妹妹都有禮物，只有我，甚麼都沒有？

難道是因為我做錯了甚麼？不！我甚麼都沒有做錯！早上一起牀，我就給他們兩個小混蛋穿衣服、穿鞋，中午給他們做飯，晚上還催促他們寫作業、陪他們玩耍……我花了這麼多時間來幫助爸爸照顧這兩個小混球，本以為他會獎賞我的，可是爸爸居然一點兒都不“感激”我！他回來之後，給妹妹一個金髮碧眼的芭比娃娃，給弟弟一個變形金剛，然後一拍屁股，進了書房。還有我的呢？我乾瞪着眼，滿懷的希望落空了！

我真想大哭一場！為甚麼做長女的就這麼倒楣啊？好吃的東西都讓他們吃，好玩的都讓他們玩，打起架來卻首先責備我！做的事情最多，得到的獎勵卻最少！為甚麼我才比他們大三歲，就要犧牲這麼多啊！可惡！爸爸，討厭的人！

我真想念媽媽，要是她在，就不會這麼不公平了。爸爸只知道把我當成大人一樣對待，給我講道理，讓我做這做那，卻不知道給我禮物！他還記得我也是個孩子嗎？真是偏心啊！弟弟妹妹，他們除了懂得吃飯、睡覺、打打鬧鬧，還會幹甚麼？嗚……我真的寫不下去了！

原來，我錯怪爸爸了。剛才，送貨員敲門進來，指名說

他送來的那輛漂亮的粉紅色的腳踏車是送給我的禮物。在他遞給我的那張便箋上，我看到了那熟悉的筆跡："親愛的乖乖女，在媽媽出國的這段日子裏，我忙不過來，幸好你主動擔負了照顧弟弟妹妹的任務，謝謝你。愛你的爸爸。"

哎呀，臭爸爸，怎麼不早説呀！

（張偉）

評語

這篇文章採用日記的形式，寫了一個富有戲劇性的故事。開頭部分，作者就進入正題，講爸爸獨獨忘記給"我"禮物，作者因而感到不滿。作者用生動豐富的語言數落種種令作者氣憤的事情之後，講到"我""錯怪爸爸了"，交代自己意外地收到了爸爸別出心裁的禮物這件事。文章對人物的心理刻畫傳神，恰到好處地反映了人物的內心世界。文章以"臭爸爸……"作結，表面上是罵爸爸，其實是對爸爸溢於言表的愛的描寫，可以說是言簡意賅，富有新意。

分享的快樂

我戴上流線型的頭盔，騎上亮閃閃的小賽車，一溜煙就竄出了家門，模樣真是酷極了！我邊騎邊哼歌，引起了鄰居小丁的注意。他歡笑着朝我奔過來，一臉的興奮。瞧他那饞勁兒！

哼，我偏不給你騎！誰讓你早上碰都不讓我碰一下你們家的小狗波比呢！小丁揚起粉紅色的小臉，繞着我轉來轉去，奶聲奶氣地叫："姐姐，姐姐，姐姐，借我玩一下！"我用鼻孔哼了一聲，沒理他！

小丁腆着小肚皮追了我好長一段路，親親熱熱地叫着："姐姐，姐姐，借我……"我越騎越快，他的聲音漸漸帶了哭腔，遠遠地從身後傳來。活該，小氣鬼，你不讓我跟小狗波比玩，我就不讓你玩我的小賽車！

遛了一大圈，我快活地騎車回家。爸爸正在門口等我。他讓我下來，說："把小賽車送到小丁那兒去，向他道歉！"

"為甚麼呀？我又不欠他的！"我大聲地辯解着，幾乎哭出來了。

爸爸甚麼也沒説，只是揮揮手，叫我快去。

沒辦法，我只好服從了。

我走到小丁家門口。這時，他已經不哭了，正在給波比梳毛呢！我對小丁說：“對不起，小丁，我錯了，你來騎我的小賽車吧！”小丁抬起頭來，幾乎不敢相信自己的耳朵。他高興地撲過來說：“好姐姐，我們帶波比去！”

波比歡快地搖着小尾巴，我和小丁都笑了。這一次，我們玩得好開心！謝謝爸爸，你讓我懂得了分享比獨佔更快樂！

（張怡然）

評語

文章開頭簡約得當：對作者得意洋洋地騎車，以及小丁羨慕的神情刻畫得十分傳神，同時埋下了伏筆，講到“我”與小丁之間存在矛盾。在化解矛盾的過程中，爸爸的語言很少，卻起了一個關鍵的作用：讓孩子學會了要忘記不愉快的事情，要與別人一起分享自己的玩具。文章結尾處，提出“分享比獨佔更快樂”的理念，主題由此得以昇華，具有一定的思想深度，父愛的博大和深刻也由此得到了體現。

"狠心"的爸爸

我的爸爸是個狠心的人。但是，我不僅不討厭他，反而對他有着幾分感激和佩服呢！

妹妹兩個月大了，可是她每天不是吃就是睡，再不然就是毫不講理地哇哇大哭。我真不敢相信自己就是從這樣討厭的年齡開始慢慢長大的！

媽媽非常疼愛妹妹，為了她，還特地辭了職，整天在家伺候她。妹妹咧開小嘴一哭，媽媽就餵奶，然後抱着她搖搖晃晃的，還給她哼歌兒、唸童謠。然而，爸爸不准媽媽這樣做。他說嬰兒要多睡，要定時餵奶，還有就是堅決不能搖晃她。否則，現在慣着她，日後你不搖，她就不肯睡的了！她哭，就讓她哭幾分鐘吧！過一會兒，沒人理，她就會不哭的。

爸爸的反應如此"冷漠"，早已在我的意料之中。當年，他也是這麼"狠心"地對待我的。聽媽媽說，當我只有妹妹這樣大的時候，爸爸就讓我單獨睡覺了。他既不哄我也不拍我，更不用說抱着我搖搖晃晃了。我哭鬧的時候，他就冷靜地站得遠遠的，等我死了心，再也不哭了，才過來。通常，我哭着哭着，也就睡着了。長大後的我怕黑，爸爸也不給我開燈。他說，黑暗其實一點兒也不危險，大衣櫥不會跑，窗戶也不會自動打開，我待在自己的房間，非常安全。他說完，又走了。我於是嘗試着關了燈。當提心吊膽地等了很久，發現確實沒有甚麼事情發生，我這才不怕黑了。

我一直不理解爸爸。直到後來，我無意中在爸爸的書房發現一本威廉·斯特恩的《早期兒童心理學》。我好奇地讀了讀，才發現爸爸的“狠心”原來是有科學依據的。他這樣做，完全是為了培養我們獨立自主的性格。看不出來，外表粗獷的爸爸竟然是個育兒高手呢！

（蘇六月）

文章開篇抒發了對爸爸的感激和佩服之情。接着，從妹妹的“遭遇”開始說起，突出爸爸對待兒女的“冷漠”，再寫“我”的“遭遇”，進一步說明爸爸真是個“狠心”的人。文章結尾處交代，直到作者看到《早期兒童心理學》，才解開了這個謎底。原來，爸爸是在採用科學育兒方法來使孩子學會獨立。父愛的主題也就水到渠成地表現出來了。

文章的開頭與結尾是一呼一應的關係。開頭直截了當地抒發對爸爸的感情，結尾講：“看不出來，外表粗獷的爸爸竟然是個育兒高手呢！”

逼我下水的爸爸

攤上個當游泳教練的爸爸，人家都説是好事，可是我小時候卻一口咬定是壞事。不過，即使是壞事也得勇敢面對，誰叫爸爸是不可以自己選擇的呢？

我永遠也忘不了，七歲那年爸爸拿竹竿把我“趕”下水時的情形。就因為他是游泳教練，所以他的兒子必須會游泳。現在想來，這種邏輯真是不可理喻。為此，我對爸爸很反感，想盡辦法來抗議到底。可是，一個七歲的孩子除了趴在池邊吵鬧，還能有甚麼辦法呢？爸爸見我磨磨蹭蹭不肯下水，臉上一點兒笑意也沒有。他三番四次地用竹竿撥弄我的腿，可我就是不肯往水裏跳。

“算啦算啦，孩子還小，你等兩年再說吧！”其他教練看我可憐，都為我求情了。可是爸爸鐵了心，非把我趕下去不可。

“我真是天底下最可憐的小孩！”我心裏徹底絕望了，撲通一聲，直挺挺地栽進水裏，手臂本能地划出一道道弧形。藍色的水好柔軟啊！我像隻小鴨子似的在水裏划來划去，那樣子可真帥！

我笨拙地拍打着水面，用力往前划。爸爸站在岸邊，看着我，臉上浮過一絲不易察覺的笑意。嘿嘿，還是被我看見

啦！爸爸笑了。“噢，太棒啦！”我得意地喊起來。喊着喊着，一不小心，咕咚吞進一口水，嗆得我連連咳嗽。不過，在爸爸的指導下，我很快就掌握了要領，變成一條靈活的“小泥鰍”了。

現在想來，雖說當年爸爸逼我下水時用的手段“毒辣”了一點兒，可是現在我總能得游泳冠軍，也有他的功勞啊！有這樣一個爸爸還算不賴！

（孫家田）

文章開頭先交代背景，講到爸爸是游泳教練，這在“我”看來是一件壞事，“我”也只好無奈接受。文章以滑稽的語調敘事，讓人啼笑皆非。爸爸為了讓兒子學會游泳，於是用竹竿把他趕下水。這種做法真是“野蠻”。難怪作者一開始就哀歎：“誰叫爸爸是不可以自己選擇的呢？”不過“我”總能得游泳冠軍時，當年的苦也就變成了甜。所以結尾部分，作者又感歎“有這樣一個爸爸還算不賴”。這種對照式的開頭與結尾，給人的印象非常深刻。

爸爸從前也是小男孩

週末的下午，志強和志堅一起在花園邊上的柵欄那裏玩。他們在窄木條上走來走去，比誰的平衡性更好。他們玩得開心極了，尖叫聲、笑聲不斷穿過牆壁送到廚房來。那時，爸爸正在廚房裏幫媽媽修理抽油煙機。

他們完全沒有料到，快到晚飯的時候，志堅"掛彩"了。

志堅從窄木條上跌下來了。看樣子摔得不輕，額頭上起了一個大包。媽媽嚇壞了！她趕緊衝過去，抱住志堅，輕輕揉着，一面揉，一面責怪志強："你都七歲了，怎麼還不知道照顧弟弟？"志強也嚇得目瞪口呆，經媽媽一斥責，也抽抽嗒嗒地哭了起來。

爸爸用抹布把手擦乾淨，沿着花園的小路，大踏步走了過來。他看了看志強哭喪的臉，寬厚地拍了拍他的小肩膀，替他揩去臉上的淚水。然後，他轉向志堅，發現小傢伙多半是感染了母親的恐懼，以為發生了甚麼了不得的大事，哭得聲嘶力竭。

爸爸把志堅抱過來，放在窄木條上，說："再走走！"

志堅說甚麼也不走了。他摟住爸爸的脖子，顫抖得像一片樹葉。

爸爸把志堅抱了下來，自己站了上去走了起來！一家人都驚呆了。

志堅看得呆了，不知不覺咯咯地笑了起來。眼淚還在腮邊掛着呢！

爸爸跳下來，抱着志堅，牽着志強，對他們說：“沒事兒了，我小時候也經常摔下來，可是現在你們看，我不是照樣長成了一個大男子漢了嗎？”

志堅想到爸爸從前也是小男孩，而他將來也會變成大男子漢，一個像爸爸那樣的男子漢，就忘記了疼痛，開心極了。

（陸月天）

文章開頭把時間、地點、人物等要素交待得十分清楚，指出志堅一家的週末過得溫馨而愉快。不過，當志堅從窄木條上跌下來後，這種氣氛就被打破了。後來，爸爸表演走窄木條，為的是讓孩子們明白一點：摔倒算不了甚麼，任何一個男子漢都是這樣長大的。結尾，小兒子志堅想到自己也會長成像爸爸那樣的男子漢，開心極了。歡樂的氛圍再次營造了出來。在這個過程中，爸爸的大度、從容和教育孩子勇敢的技巧得到了完美展現。文章故事情節一波三折，充滿了韻律之美。

我的"玩具爸爸"

我有許多小玩具，滿滿地裝了一櫃子。不過，它們全都只被我寵愛過一陣子。可有一個玩具，無論玩多久，我都從不厭倦，那就是我的"玩具爸爸"。

爸爸的腦袋好玩極了。他的耳朵可以前後搧動，他的眉毛又濃又粗，眼睛炯炯有神。有一次他把眉毛吊到額頭上，眼睛向下耷拉着，嘴巴歪到一邊，那模樣……哈哈！就像童話故事中的大壞蛋。

爸爸是我的"馬馬"。他的背又厚又寬，平穩舒適，正好做我的"坐騎"。我騎着他，讓他在房間裏轉來轉去。他跑得不快，我就叫"駕駕"，他太快了，我就使勁喊"吁——"。有時候，爸爸一撅起屁股，我就騎不穩了，嚇得我又叫又笑，鬧個不停。媽媽說，我和爸爸是兩個真正的"瘋子"！

爸爸最拿手的是學動物叫。有一次，他模仿狗熊的叫聲，低吼着張牙舞爪地向我撲過來。我害怕極了，死死抱住媽媽，把頭鑽進她的衣服裏面。媽媽立刻命令爸爸不准嚇我，於是爸爸收斂了一點。可是爸爸剛停下，我又把頭探出來，急得又叫又跳："爸爸，再來一個，爸爸，再扮狗熊！"爸爸一聽，興奮得咆哮着又撲過來了。這一次，他把我從媽媽的懷抱裏拉了出來，把我高高舉起，嚇得我魂兒都快沒了。過了一小會兒，他把我輕輕放在自己的肩膀上，我們又笑得幾乎喘不過氣來。

爸爸真是一個好玩具。我愛我的“玩具爸爸”！

（陳水平）

評語

文章開篇新穎，“玩具爸爸”的說法讓人眼睛為之一亮。並且揭示了文章主題，“無論玩多久，我都從不厭倦”，反映了“我”對爸爸的熱愛。結尾處作者直抒胸臆：“我愛我的‘玩具爸爸’！”首尾照應，簡潔明瞭地說出了自己對爸爸的喜愛之情。

全文充滿了童趣，充滿了歡樂的氣氛，爸爸與孩子無拘無束地玩樂，濃濃的親情瀰漫其間，使這篇文章顯得溫馨、快樂而又感人。

輪到你了！

“小濤，現在輪到你了！”爸爸把花籽、小鏟和水壺交到我手裏，神情嚴肅地對我說。

“他太小了，還不能……”媽媽皺着眉頭，想替我說幾句好話。

“如果你不想他再亂摘花園裏的花，最明智的辦法就是讓他自己種一點花籽。別擔心，他會幹得好的。”爸爸威嚴地掃了我一眼，“到我下班時，我想，你應該已經做完了！”說完，爸爸摟着媽媽的肩膀走了，把我一個人孤零零地扔在花園裏。

我歎着氣，自認倒楣。誰叫我今天早上一起牀，就看見窗外花園裏盛開着的百合花呢！它那樣美麗，我連想也沒想，就蹦蹦跳跳地跑過去把它掐了下來，還帶着露水呢！我的行為正好被爸爸看見了，他立刻命令我親手種一些花籽，真是……

我含着淚，用力揮動小鏟。可是，泥土好硬啊！我的手都麻了，才掘了一層地皮。爸爸種花時掘的洞可比我的大得多了。我繼續掘，汗水一滴一滴地掉在地上，使泥土的顏色都變深了。好不容易才掘了一個洞。我挑了一粒飽滿的花籽，把它放進洞裏，覆蓋上泥土，澆了一些水。可是，費了這麼大的勁兒才種了一粒花籽，手裏還有十幾粒，我怎麼種得完啊？沒人幫忙，沒人安慰，我只能自己努力了！我不知疲倦地揮動着小鏟，掘出小洞……幹了一上午，我累得站都快站不起來了。臉上一抹泥，一抹水，髒得像泥猴！

中午，爸爸媽媽回家了。我從地上爬起來，歎着氣地對他們說："爸爸，我錯了，我再也不摘你的花兒了。種花好辛苦啊！"聽了我的話，爸爸媽媽哈哈地笑了。

（龐家玉）

文章敍述了一件平凡的小事，寫出了父愛的嚴厲和深沉。

文章用道白"小濤，現在輪到你了"開頭，迅速進入正題，言簡意賅地表現了父親毫不客氣的態度。父親"懲罰"作者，為的是讓他親身體驗種花的辛苦，學會愛護和珍惜別人的勞動成果。事實證明，父親的嚴厲其實是一種良好的教育方法。文章以道白結尾，作者歎着氣地說"我再也不摘你的花兒了"，由此表明父親的教育收到了良好的效果。文章語言樸素，揭示出深刻類似"須知盤中餐，粒粒皆辛苦"的哲理，在快樂的笑聲中突出了父愛的主題。

財富

看見金舖，我就想起了父親留給我們的財富。

父親的童年生活十分清苦。祖父離世後，祖母就帶同父親投靠娘家，跟他外婆一起生活。外婆沒有別的收入，只靠祖業的微薄租金維生。原來，她請人代為收租。收來的租金，收租的人要不有意漏報，要不明目張膽地尅扣，從中盤剝。老人家雖然受損失，但卻無可奈何。父親到了以後，老人家就把收租的任務交給父親。從此以後，情況有了很大變化。每次收租，不管多少，父親都如實地把錢交給外婆，分文不差，老人家因而顯著地增加了收入。

後來，親友推薦父親到一間店舖工作，負責往外地採購物料。當時，一些採購物料的人往往會欺上瞞下，中飽私囊。但父親始終廉潔自持，因此深得東主的信任。

後來，父親以微薄的積蓄在佛山小鎮開了一間小店，經營金飾業，店名"信誠"。由於資本少，生意也不多。當時，政府對金飾業沒有嚴格的監管，度量衡儀器也沒有現代的那麼科學和精確。為了牟取暴利，金舖店主常在金飾中糅入雜質，或者在秤上做手腳，瞞騙顧客。但是，父親並沒有這樣做。他所售的金飾決不摻入雜質，也保證分量足夠。父親深信，"信誠"是公司的品牌，也是他人格的品牌。在當時來說，這種營商方法理應難以自保，難以維生。誰料當大家對他的經營手法並不看好時，他的顧客卻越來越多，他的收入也與日俱增。

父親在他的一生中以“誠”待人，以“誠”處事。艱辛工作的磨練令父親見識漸廣，他忠誠的性格亦贏得人們的讚賞。“誠”是父親留給我們的寶貴財富。這一財富成了我們生命的核心價值之一。

（何萬貫）

評語

文章一開頭就講“我”由看見金舖想到“父親留給我們的財富”。甚麼財富？作者列舉了三個事例，講父親在生活中是如何以“誠”待人，以“誠”處事的：代他外婆收租時，他誠實；在商店當僱員，採購物料時，他誠實；營商時，他誠實。結尾總結全文，交代“誠”是“父親留給我們的寶貴財富”，既回應了開頭又強化了主題。

第三章 注意過渡和照應

在淺淺的溪流中，要從溪的這一邊去到溪的另一邊，又不想弄濕鞋子的話，就需要一塊踏腳石。踩在踏腳石上一跳，就可以了。渡輪上的踏板也有着同樣的作用。藉助它，就可以順利地從碼頭來到船艙，或從船艙走上碼頭。而文章中的過渡，無論是"過渡詞"、"過渡句"或是"過渡段"，其實就是這樣的一塊踏腳石、踏板。試想，當文章由順敍一件事到插敍一件事的時候；當文章把這一層意思表述完畢，要講另一層意思的時候；當文章總述了一個觀點、主張之類，要分述有關觀點、主張之類的時候；當文章由議論轉移到敍述，或由敍述轉移到議論的時候，能不需要過渡嗎？以由順敍到倒敍的過渡為例，順敍的段落就好比溪的這一邊，倒敍的段落就好比溪的另一邊。沒有踏腳石，還是可以去到另一邊的，只是鞋子濕了而已。但文章沒有過渡，順敍與倒敍之間交接的地方就會不連貫，不自然，妨礙讀者對文章意思的理解。所以，"過渡詞"、"過渡句"、"過渡段"是文中的踏板、踏腳石，是不可缺少的。

行文要注意過渡，還要注意照應。所謂照應，通俗點就是"人家叫你，你得應人家"。照應的方式有很多，如首尾照應、行文中互相照應、內容與標題照應、行文與結尾照應。

所以，當人家在文章的開頭叫你了，“照”，你不在文章其他部分“應”的話，就有照無應了。照應最顯著的一個作用是強調。如“難忘的事情”一文，首尾呼應，開頭講“將會在我的腦海裏銘記一輩子”，結尾又講“仍銘刻在我心裏”，“我會銘記一輩子”，就是在強調文中所講的是令作者“難忘的事情”。

文　章	過渡部位	過渡形式	照應方式
有一種愛叫做放手	由順敘到倒敘 由插敘到順敘	過渡句 過渡段	結尾與開頭照應
那年冬天	由順敘到倒敘	過渡段	內容與標題照應
九百九十九顆星	由順敘到倒敘	過渡段	行文中互相照應
沒有人曾告訴我	由一層意思到另一層意思	關聯詞語	結尾與開頭照應
矛盾的父愛	由總到分再到總	關聯詞組	結尾與開頭照應
不只是花瓶	由順敘到倒敘	過渡句	行文與結尾照應
對不起，爸	由分到總	關聯詞組	行文中互相照應
畸形的父愛	由順敘到倒敘	過渡段	內容與標題照應
爸爸，原來我是你門前的那棵樹	由順敘到插敘	過渡句	行文與結尾照應
一件小事	由順敘到倒敘	過渡段	行文中互相照應
冷漠的父愛	由分到總	過渡段	內容與標題照應
難忘的事情	由總到分	過渡段	結尾與開頭照應
“冤家”	由議論到敍述	過渡句	結尾與開頭照應
爸爸的秘密	由一層意思到另一層意思	關聯詞組	結尾與開頭照應

有一種愛叫做放手

“我不再逼你啦！”父親説完，緊緊地將我抱住。看着彷彿老了十歲的父親，我潸然淚下。

這事要從三天前説起。那天我參加了一個小型的鋼琴比賽，結果卻沒有拿到任何獎項。我沮喪地回到家裏，父親卻沒有給我好臉色看。“這就是你平時不專心的結果，要不怎麼會這樣？”我一聽，剎時感覺到委屈無比，拔腿就跑出了家門。

父親是鋼琴愛好者，早年為了家族事業而放棄了夢想。我的出生無疑給父親實現自己的夢想帶來了希望。從記事起，鋼琴便是我生活的一部分。碩大的鋼琴旁堆滿了各樣琴譜。父親除了親自教我彈琴，還給我請來了名師；為了保護手指，打籃球也成了我的奢侈；為了培養樂感，電視機一天到晚只放音樂。

這一次，本來只是衝動地跑出家門，後來竟演變成了想嚇唬父親的離家出走。

再見到父親是兩天之後。那天，灼熱的陽光烘烤着大地，而父親就在這難耐的酷熱下拿着照片漫無目的地詢問路人。看着他那汗濕的襯衫，我慌張地出現在他的面前。再見到我的剎那，我感覺到了父親的憤怒，瞬即哀傷，轉而滿是

歡喜。那高高的掄起的手掌，也被一個深深的擁抱所代替，濕漉漉的臉龐緊緊相貼，也不知道那究竟是汗水還是淚水。

“我不再逼你啦！”那一刻，我和父親從來沒有這麼貼近過。父親，其實我知道，你只是想讓我成材。而我也知道自己絕無成為鋼琴家的天分，所以你就讓我把鋼琴當成業餘的愛好吧，好嗎？

（王良）

評語

本文構思精妙，過渡自然。第一段與第二段是由順敘到倒敘的關係，採用明渡的方式，用一個表時間的句子自然地過渡到三天前。第三段插敘了一段背景介紹。第四段和第五段之間又用一個段落和表時間的句子成功地過渡到眼前的場景。本文結構嚴謹，首尾呼應，感情在細膩的描寫中自然地流露了出來。

那年冬天

深夜一點，父親和我還在等車。自從開始去外地讀書，父親就堅持要送我。

依稀間，我又回到了小學四年級的那個冬天。

讀小學時，從家裏到學校，需要走兩三里路。有一次，天正颳着大風。感冒初癒的我本不想去上課，但父親卻不同意。無奈之下我想叫父親送我去學校，但隨即又打消了這念頭。因為他從不送我的，總説孩子應該獨立。

我正怨恨地走在路上。走着走着，突然聽到了父親急促的呼吸聲："我出來跑跑步，鍛煉，鍛煉。"咚咚的皮鞋聲格外清亮。父親是從來都懶得鍛煉的，甚至連鍛煉的基本知識都沒有，否則哪有穿皮鞋出來晨練的道理？他一定是因為不放心我而出來"瞅瞅"的。

腦海裏忽然閃過一個"報復"的念頭："甩脱他"。皮鞋肯定不便於斜坡行走的，於是我轉向那個平時趕時間才走的陡坡。可是沒走幾步我就後悔啦，可能是下過大雨的緣故，稀鬆的泥土竟特別的滑。"上來吧！"是父親寬寬的後背。我遲疑着爬上了他的背，抱着他的脖子。背着我的父親可能是皮鞋的關係，腳不停地打滑，每滑一下，箍住我的雙手就又緊了幾分。看着在寒冷的天氣中，父親那額頭上豆大的汗

注意過渡和照應

滴，我心中無比的羞愧。

現在想來，父親那時候肯定有過思想鬥爭，最後才決定跑來送我的。只是他不知道那個十來歲的壞小孩，曾經怎麼盤算着刁難他。

火車早已出站，父親的身影也早已消失。而我耳邊卻還縈繞着七年前的聲音："以後不要那麼急，一個人的時候還是走大路吧！"

（張偉）

評語

本文構思精妙，過渡自然。第二段一句話獨立成段，成功地過渡到幾年前，然後通過倒敘的方法，講述"那年冬天"發生的一件事。另外，文章也採取暗渡的方式，通過故事情節的自然發展，細膩地描寫了一個父親對孩子深切的愛。尤其是第三段埋下的伏筆，為情節的大轉折做好了準備。文章的細節描寫也很精彩，通過對一系列動作的描畫，讓讀者產生了身臨其境的感覺。

九百九十九顆星

一圈，兩圈，三圈，父親那長滿老繭的手竟脫胎換骨般靈活起來。

要説父親為甚麼會摺起幸運星來，説來也有趣。

學校最近風靡摺疊幸運星，那扁扁的塑膠管也讓我如癡如醉。有天吃過晚飯，全然忘記了應該做功課的我，正忘我地折騰之際，手中卻忽然一空，塑膠管被父親搶了去。父親用似笑非笑的眼神看着我，手中輕捏着我的那根塑膠管。

“帶着那些鬼東西到客廳來。”父親説。我扭捏着把那些東西放在茶几上，準備迎接父親的教育大餐。可他卻並不理我，拆了一個摺好的星，又對照着摺起來。看着那笨拙的手指，我不禁笑出聲來，換來的卻是父親的一記白眼。可他也未見惱怒：“坐下來一起摺，順便教教我。”我一聽，眼珠子都快掉下來了，世上哪有玩這“幼稚”玩意的父親？

慢慢地，紅的，藍的，白的，一顆顆幸運星從父親手裏蹦跳出來，那原本奇怪的形狀也變得美觀起來。看着父親笨拙的手指現在變得靈活，我不禁呆住了。忽然，額頭猛的吃了一記爆栗：“看甚麼？快摺！摺到九百九十九顆就要答應我一個心願。”這老狐狸又在打甚麼算盤啊？

“您的心願是……？”我遲疑着問道。“就是摺夠了

九百九十九顆星，我們就不摺了，從此你就必須認真看書。”父親說。我就知道是這樣，不過心裏倒也暖暖的。

就等這第九百九十九顆星出現吧，我也要許一個心願。那就是這次期中考試一定要拿個好成績，給父親當生日禮物。

（吳宇聰）

評語

本文敘述有趣，結構嚴謹，過渡自然，文筆清新流暢。尤其是作為過渡段的第二段，巧妙地由順敘過渡到倒敘，憶述父親摺幸運星的原因。行文中，第五段的“笨拙的手指現在變得靈活”與第一段“長滿老繭的手竟脫胎換骨般靈活起來”互相照應。同時通過一系列的細節描寫，比如父親的手指等，巧妙地設計了許願這個情節，一個既是父親又是朋友的人物形象便躍然紙上。

沒有人曾告訴我

我輕輕地打開病房的門，看見你正靠着走廊的牆壁，疲憊的容顏裏透着滄桑。我囁嚅着。

沒有人曾告訴我你很愛我。

從八歲那年起，我就習慣恨你。聽説你有了外遇的時候，看到你狠心地拋棄母親和生病的我的時候，聽説你想通過打官司來讓我脱離母親懷抱的時候，我無時無刻不在怨恨你。

可是，那恨你的天空卻在那瞬間變換了顏色。那天我心臟病犯了。醒來時一看到正在病房裏忙碌的你，我就破口大罵，要你滾出去。當時你的臉不停地抽搐着，眼睛裏閃動着淚光。當你顫抖的身影離開房間後，母親居然講出了一個驚天的秘密。八年前有外遇的竟是母親。因為我一直很黏母親，你怕我怨母親，怕傷我傷得太深，所以你打算你們離婚時，告訴我有外遇的是你。

那一刻，我懷疑我要窒息了，那些塞滿靈魂的怨恨被抽去。一些記憶的碎片頃刻襲來：孩提時，那被我遺忘的溫暖的肩頭；校門口，那被我忽略的顧盼的身影；法院裏，那張被我厭棄的沉重的臉。我曾無數次摔破你送的文具，我曾無數次踩碎你送的零食，我曾無數次冷言相向。

有人說：“父愛是一部震撼心靈的巨著，你讀懂了它，你就讀懂了整個人生！”可是我到現在才有點懂你。你就在那裏，咫尺的地方，而我的感受，卻無法用語言表達出來，只在心裏默唸了無數次“父親”。

（韓靜茹）

評語

本文用散文的筆調，通過“我”內心的自白，採取倒敘的方式，描寫了一對父子由產生誤會，到化解誤會的過程。在過渡方面，文章採用了明渡的方式。比如說第三段和第四段之間有很大的轉折，便採用了“可是”這一詞語由一層意思過渡到另一層意思；第四段和第五段之間也採用了“那一刻”這一詞語把前後文緊密地連接起來。至於照應，是開頭與結尾照應。開頭寫“我囁嚅着”，結尾寫“我的感受，卻無法用語言表達出來”，是很好的照應，反映了父子間仍有隔閡，但“我”已經原諒父親了。

矛盾的父愛

爸爸是嚴厲的，卻也是慈祥的。我曾經為爸爸那些看似矛盾的舉動疑惑不解。

六歲時，由於家裏沒閒錢買書，我和姐姐便跑到地攤上去看漫畫。結果，有一次錯過了晚飯時間。回家時，找了我們一大圈的爸爸正憤怒地站在門口張望。一見我們，他就說要狠狠地教訓我們。可最後卻只讓我們自己打自己兩下屁股就結束了那次“教訓”。

十歲生日那天，我和幾個同學跑去玩遊戲機慶祝，結果回家的時候已經是晚上九點。那天爸爸怎麼都不理睬我，還罰我不許吃晚飯。可不久之後，媽媽卻送來我最喜歡的比薩餅，還說是爸爸怕我餓壞了。

十八歲那年，我迷上了足球，電視台也正瘋狂地轉播世界盃。爸爸卻怎麼也不讓我看，理由是大學入學考試在即。這事情讓我每天都憋着一肚子氣。可是，考試過後，爸爸給我搬來了一個盒子，裏面竟全是爸爸親手為我錄製的各場賽事。

隨着年齡的慢慢增長，我逐漸一點點地讀懂了爸爸矛盾的愛。嚴厲只是為了使我改正錯誤，養成良好的習慣；慈祥卻是因為愛我，總是明白兒子心中的渴望。父愛是航

標，指引着我前進的方向；父愛是避風港，溫暖着我成長的心靈。謝謝您，爸爸，謝謝您矛盾的愛。

（孫耀華）

評語

本文用散文的筆調，描寫了三個時間段的三件小事，通過對每件事情裏父親先後不同的態度的比較，矛盾的父愛就鮮明地表現出來了。文章結構嚴謹，在過渡方面主要採用的是由總到分再到總的過渡方式，三個時間的排比過渡，文章層次便一目了然。再通過首尾呼應，父親的形象便躍然紙上了。

不只是花瓶

上午的陽光明淨如水，透過窗台，柔柔地落在爸爸的桌上。那木製的桌面上，擺放着一隻陳舊卻被擦得閃亮的瓷花瓶。

這只是一隻普通的花瓶。那天放學回家途中路過一地攤，這潔淨並鑲着兩條綠色小龍的花瓶吸引了我。實在喜歡，我便花五元錢買了下來，還特地插了朵紅色的康乃馨。

我到家一進客廳，就傳來了二姨的聲音："喲，女狀元回來了。還給你爸帶來了生日禮物啊！"滿屋的目光刷地全落在我身上。啊，我怎麼忘了今天是爸爸的生日啊？！

我看着爸爸，他也微笑着看着我，目光炯炯，滿臉驕傲。我當場楞住了，每次我過生日，爸爸都會提前把禮物準備好，而我……在二姨的鼓動下，我紅着臉把花瓶遞給了爸爸，說了聲"生日快樂"，便跑回了自己的房間。我想，我當時肯定很窘，背後的大人們還在說我是害羞呢。他們不知道我是因為內疚。

後來，花謝了，爸爸就把水倒掉，將花瓶擺在書桌上，還不時用手帕擦拭。媽媽見了，老是奚落他："這不就是女兒送你的第一份禮物嘛，有甚麼值得寶貝的！"爸爸卻總是微笑不語，繼續擦他的瓶子。

都好幾年了，花瓶身上的漆也脱落了一些，可它仍擺在爸爸的桌上。而我除了內疚，卻有無窮的暖意。那花瓶從前是一隻普通的花瓶，現在已不再是一隻普通的花瓶，而是爸爸對我深深的愛。

（文思捷）

評語

本文生動地描寫了一隻普通花瓶無意中變成了生日禮物，最後昇華為愛的標誌的過程，從一個側面很好地顯現出了父親對兒女的疼愛。

文章在過渡方面主要採取明渡的方式。第二段開頭用一句話成功地引出故事，是由順敘到倒敘的過渡。第三段末尾用一個問句設置懸念，能夠喚起讀者的興趣。文章行文與結尾互相照應，第二段講“這只是一隻普通的花瓶”，結尾講這是一隻從前普通，現在不普通的花瓶。

對不起，爸

飯廳裏，全家人正在用飯。

説是全家人，其實就我跟爸爸。看到我從學校回來，爸爸特別高興，平時不怎麼喝酒的他已經喝了一小杯。他一邊吃飯，一邊微笑着看着我，嘴巴也不停地叨唸着。當他再次詢問我在學校的成績時，我有點不耐煩了，一句話脱口而出：“你煩不煩啊？”

那一瞬間，爸爸明顯怔住了，酒杯停在半空，笑容僵在嘴角，滿臉的疑惑，但沒有説甚麼。當時我也被自己的言行嚇了一跳，只是話已出口，收不回來了。我胡亂扒了幾口飯，就逃回了屋子裏。我是怎麼啦？其實他又當爹又當媽，怪不容易的。今天期中考的成績下來了，我沒有發揮好，我想我剛才是把氣出在爸爸的頭上了。我是不是應該道歉呢？

第二天起牀的時候，太陽已經升得老高。爸爸正在廚房裏忙活着。他看到我起來，便微微一笑，要我把桌上的牛奶喝了，好像昨天的事情根本就沒有發生過一樣。我盯着他忙碌的背影，終究還是沒有把道歉的話説出來。

可是，對爸爸的這種吼，我已經不是第一次啦。飯菜不好吃，吼；衣服不好看，吼；嘮叨的時候，吼。甚至，有時會莫名其妙地對他吼，就像昨天那樣。每當我對他吼的時

候，爸爸卻總是默默地容忍着，只用憂傷的眼神看着我。我的衣服仍舊被疊好放到我牀頭，飯桌上也盡是我喜歡的菜。

這就是父愛吧，一個平凡的爸爸對兒子不平凡的包容！而我卻總是將它忽略。對不起，爸，我又讓您傷心了。

（李永強）

評語

本文選取生活中的一件小事，採取順敍加插敍的方法，通過細膩的場景描寫和“我”的內心自省，把父親對“我”的愛和“我”的內疚表現得淋漓盡致。在過渡方面，文章主要採取了明渡的方式，用“那一瞬間”、“第二天起牀的時候”這些時間過渡和“可是”這一轉折把各個段落巧妙地連接起來。其中，第四段和第五段之間的過渡是由分到總的過渡，前面講這一次的吼，是分，第五段講經常吼，是總。在第三段的末尾還用一個問句巧妙設置了一個疑問，起到了承上啟下的作用。文章又在行文中互相照應，“我是不是應該道歉呢”，“還是沒有把道歉的話說出來”，“對不起”，這些都是照應。

畸形的父愛

我一直不喜歡父親，因為在我的記憶裏，父親總是偏愛着姐姐。

衣服姐姐的最美，電器姐姐的最新。每次姐姐回學校，就算再冷，父親也會開心地送她。每次吃飯，父親總是不停地給姐姐夾菜。而我，是享受不到這種待遇的。記憶中爸爸動不動便對我兇，很少對我笑。

要不是那天發生了一件事，我想我會一直認為爸爸是不愛我的。

那天，我跟往常一樣去上學。路已走了一半，才發現沒帶盒飯。返回走近家門，正看到爸爸媽媽都站在門口，兩人拿着盒飯推來推去。“你去啊！明明這飯是你做的，卻每次都要說是我做的，這已經很不合情理了，現在還要我去送？”聽到媽媽的這句話，我簡直懷疑起自己的耳朵來了。盒飯是爸爸做的嗎？忽然覺得這有點不可思議。本還想聽下去，卻被他們發現了我。爸爸一見我，立即走回屋去。

爸爸怎麼會幫我做盒飯？經不住心頭的疑惑，便跑去問媽媽。媽媽經不住我的糾纏了，說：“其實他一直都很關心你的。每天天一亮就給你做飯，他說你在長身體，吃隔夜的東西不好。但是，他那舊腦筋，總認為男人做家務是不體面的，更不能讓兒子學習了自己的‘壞榜樣’。還認為對男孩要嚴厲，否則你將來會缺少男子漢氣概等等。這也許就是他一

直對你很苛刻和不讓你知道他為你做飯的原因。”

“其實他一直都很關心你的。”腦袋裏滿滿的都是這句話。原來我一直都誤解了爸爸，爸爸是在以他特有的，甚至畸形的方式在默默地關心着我，愛着我啊！

（楊至正）

評語

本文採取第一人稱的敘事方法，以一個孩子的視角描寫了他對父親前後完全不同的兩種看法。本文設置了一個大大的懸念，就是“父親愛不愛我”，全文就是一個由產生疑問到解除疑問的大轉折過程。文章通過第二段用整段的敍述來講父親如何“偏愛着姐姐”，然後第三段作過渡段，起啟下的作用，來一個轉折。第四段交代那天發生的是甚麼事，第五段又緊接上一段，提出疑問，同時帶動後面情節的發展，通過母親側面述說出父親獨特的，甚至畸形的愛。最後，通過重複母親的一句話，使父親的愛得以昇華。

本文題為“畸形的父愛”，文章提到，爸爸“偏愛着姐姐”，每次都要說飯是母親做的，怕兒子學習了自己的“壞榜樣”……這些內容，都與標題相照應。

爸爸，原來我是你門前的那棵樹

從小，我就是個非常自卑的孩子，對任何要面對大庭廣眾的事情都會感到恐慌。

學校又要舉行英語演講比賽了，我想我又要當一次默默無言的觀眾了。然而，在活動報名的時候，爸爸卻突然對我説，他已經給我報了名。爸爸的做法讓我進退兩難，沒有辦法，我只好硬着頭皮去準備這次比賽。

比賽那天，不知道是為甚麼，從我上台那一刻起，台上就響起了熱烈的掌聲，一直到我演講結束。

我在比賽中的表現一般，沒有能夠問鼎桂冠。可是，這對於我來説，已經算是邁出了一大步。後來，我從一位同學那裏瞭解到，其實在比賽前的好多天，爸爸就背着我登門拜訪了班上幾乎每一位同學，希望他們在比賽的時候能多給我掌聲鼓勵。直到那時，我才明白為甚麼在我比賽的時候總是掌聲不斷。

記得爸爸曾經給我講過這樣一個故事。有一個小男孩，因為長相醜陋和行動不便而非常自卑。為了幫助他克服這種自卑的心理，小男孩的爸爸要求孩子們各自在家門前種一棵樹，並約定誰種的樹長得最好，誰就是最聰明的孩子，就會得到一份特殊的禮物。小男孩把樹種下了，不過他可沒有細心去呵護它，因為他覺得自己不可能是最聰明的。可是，奇蹟出現了，小男孩種的那棵樹居然長得出奇的好。理所當

注意過渡和照應

然，小男孩得到了爸爸送給他的禮物。小男孩高興極了，從此變得樂觀、自信起來。

一天晚上，小男孩躺在牀上睡不着覺，就打算去看看自己種的樹。當來到屋前的時候，他發現爸爸正在月光下為他的小樹鬆土施肥。這一刻，小男孩終於明白了為甚麼他的樹長得最好。

後來，小男孩長大了，當上了美國總統，他的名字叫做富蘭克林·羅斯福。

在回想起這個童年故事的時候，我突然感覺到，原來我也是爸爸種在門前的那棵小樹。他總在默默地為我施肥澆水，而我卻全然不知……

（王晃清）

評語

文章先是強調“我”的內向與自卑，然後通過描寫父親為幫“我”樹立信心而在背後默默為“我”付出這一細節來表現父親對“我”的愛。同時，文章第五段用一個過渡句啟下，寫了一個與作者的遭遇大同小異的名人故事，強化了父愛的行為性多於說教性。文章結尾表面上與第五、六、七段的內容相照應，實際上也與第一、二、三、四段的內容相照應。整篇文章娓娓道來，親切感人。

一件小事

我的爸爸是一名法官，平時在法庭上威風凜凜。也許因為職業習慣，爸爸在家裏也是很有威嚴的。

但是，爸爸的威嚴並不是依靠對我們的打罵來建立的，而是來自於他的言傳身教。

記得在我很小的時候，發生了一件小事。那一次在與夥伴們玩耍的時候，任性淘氣的我弄傷了鄰家小孩的頭。因為害怕鄰居阿姨知道了會責罵我，所以我跑回家躲了起來，以為這樣就可以不了了之。沒想到，爸爸最先知道了這件事。但他並沒有打罵我，而是拿錢給我，要求我主動去向鄰居阿姨道歉，並承擔小夥伴的醫藥費。當時我已經嚇得慌了神，說甚麼也不肯去。最後，還是爸爸牽着我的手去鄰居家道了歉，賠了錢。

一晃十年過去了，兒時的那些往事已經漸行漸遠，唯有這件小事一直刻在我的心裏。也正是爸爸的威嚴，讓我深深懂得：一個真正的人，應該勇敢地承擔起屬於他的責任和義務。

（張大輝）

評語

這是一篇短小的回憶散文，有過渡也有照應。第二段是過渡段，起啟下的作用，講爸爸通過言傳身教來建立威嚴。第三段就講爸爸如何言傳身教。尾段與第三段、第二段互相照應。

冷漠的父愛

人們常說：“女兒是父母捧在手心裏的寶貝。”但在我小的時候，爸爸給我的感覺卻完全不是這樣。

我小時候很調皮，總喜歡惹是生非，所以腿上、胳膊上總有少不了的傷痕。在別人的眼裏，女兒受傷了，做爸爸的一定會緊張得不得了。但我的爸爸卻不是這樣。他總是先看看我的傷口，然後淡淡地說：“小事兒，不許哭，自己去找藥膏擦上。”每每這個時候，我都委屈得想哭，在心裏怨恨爸爸不愛我。要不然，他怎能這樣不在乎我呢？

我才五歲就上學了。每天早上，都是爸爸送我去上學的。可他從不背我，總是緩緩地跟在我的身後。下雨的時候，我常常踤倒。可爸爸從不扶我，總是用將軍一般的命令口吻對我說：“爬起來，繼續走！”我慢慢地從地上爬起來，淚溢滿了眼眶，在心裏祈禱：明天送我上學的不再是嚴厲的爸爸，而是溫柔的媽媽。可是，第二天，送我上學的依然是那個讓我萬分討厭的冷漠無情的爸爸。

看，爸爸就是這樣冷漠的人！但是……

五年級以後，我去到國外讀書。不同的生活環境使我對一切都感到很新奇，生活起來也如魚得水。在別的孩子看來很艱難的事情，我總能很順利地完成。這個時候，我終於

明白，原來爸爸一直都在鍛煉我的意志，讓我學會堅強和自立，讓我更好地把握自己的生活。爸爸所給予我的，是隱藏在冷漠背後那濃濃的愛。

（何朗月）

文章運用了先抑後揚的手法。先是用非常沮喪的口吻說出爸爸並不愛“我”，並以兩個事實來引發讀者的共鳴。然後，通過描寫“我”在國外生活的感受，從側面描寫了爸爸數年來為培養我的意志所付出的良苦用心。文章第一、二、三段講爸爸如何冷漠，是分。第四段是過渡段，承上啟下，是一個由分到總的過渡。第五段是總，講爸爸冷漠的原因及所產生的作用。全文緊靠着標題，內容與標題照應，圍繞着“冷漠”去寫。

難忘的事情

每個人的一生中，總有幾件難以忘懷的事情。而兩年前發生的一件事情，將會在我的腦海裏銘記一輩子。

那是怎樣的一件事呢？

兩年前，我十二歲。在生日前的一個禮拜，我就央求爸爸送我一件特別的生日禮物：那就是帶我到家附近的一家法國餐廳裏大吃一頓。當聽到我這個要求的時候，爸爸猶豫了一下。畢竟，那家法國餐廳的消費不低，兩個人去一次的消費幾乎是他半個月的工資呢！而爸爸呢，他不忍心讓我失望，最終答應了我。

我清晰地記得，生日的那天是禮拜五，爸爸早早地來到學校接我，說陪我到法國餐廳去吃東西。我欣喜若狂。在餐廳裏，我一口氣把自己想要吃的食物都點了下來。但當我要爸爸點一份他想吃的食物的時候，爸爸拒絕了，理由是他不喜歡吃西餐。

美味的食物上桌了，我狼吞虎嚥般吃着想了好久的食物。猛然抬頭，才發現爸爸正坐在我的對面，笑意盈盈地看着低頭大吃的我，一臉的慈祥。那一刻，我發覺自己的鼻子酸酸的。我知道爸爸並不是不喜歡吃西餐，而是捨不得花那麼多的錢。他想把錢攢起來，然後送我去學鋼琴，給我買籃

球，陪我到歐洲去旅遊……他之所以這麼做，是因為他想給我更多，更多……於是，他選擇了望梅止渴。

至今，那天爸爸看我的眼神仍銘刻在我心裏。我會銘記一輩子，因為它讓我明白到，為了我能快樂成長，爸爸慷慨無私地付出了多少！

（李力強）

評語

每個人心中肯定都有很多關於父愛的事情，但作者千裏挑一，選擇了父親帶他去法國餐廳用餐這一事件，說明了那是作者"難以忘懷的事情"。在描寫中，作者用自己大吃美味的西餐和父親慈愛的眼神對照，深刻鮮明地體現了父親那沒有言語修飾的愛，讓讀者感同身受。

文章第二段是過渡段。一個作用是承上，第一段講有件事令作者難以忘懷，是從總的方面去交代的。一個作用是啟下，在下文講述事件的始末。文章首尾呼應，開頭講會"銘記一輩子"，結尾又講"會銘記一輩子"，體現了事件有多令他難忘。

“冤家”

打從我開始記事起，不知道是為甚麼，我和爸爸的步調就從沒一致過。他往東，我就往西，他往前，我就往後。在我的印象中，我和爸爸彷彿生來就是一對“冤家”。

關於我的未來，我和爸爸也有着不一樣的看法。爸爸希望我能當上一名飛行員，駕駛着飛機翱翔在廣袤的天空裏。因此，他總希望我能多學些天文地理方面的知識，為將來成為一名飛行員做準備。我知道，這是爸爸年輕時沒有實現的心願。可遺憾的是，我對當一名飛行員不感興趣。我所鍾愛的是文學，希望自己能像《雷雨》的作者曹禺那樣，年紀輕輕就揚名天下。我喜歡徐志摩的羅曼蒂克，喜歡冰心的溫婉大方……為了這些“原則”問題，我和爸爸沒少爭吵過。

記得有一天晚上，我和爸爸又因為學習興趣的分歧爭吵了起來。唇槍舌劍結束之後，爸爸房間裏的燈亮到很晚，或許他熬了一個通宵。第二天，等我醒來的時候，爸爸已經出去了，只見他房間的煙灰缸裏堆滿了煙蒂。晚上，爸爸來到我的房間。他表情凝重，沒有說一句話，只是輕輕地把那套我夢寐以求的《魯迅全集》放在我的書桌上，然後轉身出去了。

撫摩着爸爸放在書桌上的書，我的眼眶裏溢滿了淚水。

注意過渡和照應

經過一夜的思考，爸爸終於尊重了我的意見。十多年了，這是我和爸爸這對“冤家”的第一次步調一致。

（任發揚）

評語

文章一開頭就用“冤家”來形容“我”和爸爸的關係，引起了讀者的興趣。然後，通過描寫“我”在人生理想上和爸爸的衝突，正面突出了“我”與爸爸之間的緊張關係。最後通過寫爸爸幫“我”買文學著作這個細節，從側面表現了爸爸對“我”的理解、支持和愛。文章結尾又重提“冤家”二字，起到了首尾呼應的作用。

文章有兩處過渡。第二段的第一句是過渡句，當中的“也有”一詞起承上啟下的作用。第三段的第一句是過渡句，由其中的“又”可以看出這是承上啟下的過渡句。

爸爸的秘密

去年夏天對於我和爸爸來說，是難忘的一個夏天。

因為中學會考在即，功課越來越繁重，所以我幾乎沒有甚麼空餘時間去關心其他事情。每天放學回家，爸爸媽媽已經做好了可口的飯菜在等着我。我一上桌就風捲殘雲般大吃起來，吃完就一頭扎進書房。在我看來，這樣的日子雖然忙碌，卻充實幸福。然而，我卻不知道，就在爸爸媽媽每天不變的笑容背後，隱藏着一個天大的秘密：爸爸患上了脊椎骨質增生，並且已經越來越嚴重，常常整晚睡不着覺。為了不影響我的學習，他和媽媽決定對我隱瞞病情。因此，在我的面前，爸爸總是強忍着劇痛，裝作甚麼也沒發生。

後來，隨着病情的發展，增生的骨刺嚴重影響到爸爸的生活，他不得不住院進行手術。而臨走之前，爸爸仍然保守着秘密，告訴我他將要出差一段時間，讓我好好學習。當時，毫無察覺的我信以為真。

幾天之後，我從一位親戚那裏得知爸爸的病情，便馬上趕往爸爸所在的醫院。那時，爸爸剛剛做完手術。看着爸爸被疼痛折磨的樣子，我趴在爸爸的身邊放聲大哭。那一刻，我說不出內心是甚麼感受，驚恐、內疚、遺憾……難以言喻。見到我的到來，爸爸先是有點驚愕，轉而責怪親戚告訴

注意過渡和照應

我事情的真相，說會影響我的學習。然後又拍着我的肩膀，向我保證他一定會很快康復……

一個月之後，我順利地考完中學會考，爸爸也在媽媽的精心照顧下很快康復了。爸爸的秘密被揭破了，而香港的夏天仍在繼續，就像爸爸那綿綿無盡的愛。

（吳志好）

評語

文章從一個難忘的夏天入手，圍繞着“秘密”展開。緊扣住爸爸為了不影響“我”的學習而默默忍受巨大的痛苦，並嚴守秘密這個點，來表現爸爸對“我”那深深的愛。文章仍以夏天結尾，起到了很好的呼應開篇的作用，並以最後一句說明文意，突出了主題。文章中那些時間性的關聯詞組，如“後來”、“幾天之後”、“一個月之後”，起過渡作用，使段落與段落之間順利地由一層意思過渡到另一層意思。

第四章 主次和詳略要恰當

俗話説：“擒賊先擒王。”就是説要把主要力量花在“擒王”的問題上。這話有一定道理。因為“王”被抓拿了，王的手下就不敢滋事，甚或舉旗投降。寫文章的時候，“擒王”的技巧少不了。當然，文章中所謂的“王”，是指跟主題關係最密切的材料，而寫及有關材料的段落便是文章的主要部分。至於那些跟主題沒有甚麼關係的，起陪襯作用的材料，就是所謂一般的“賊”。由此，“擒王”講的是抓住文章主要部分來寫的道理。

應該怎樣去“擒王”呢？首先，找出將要寫的文章的主題。例如，要求以“記一次足球比賽”為題寫一篇作文。那就要想想應該給文章安排一個怎樣的主題，比如主題可以是讚揚足球隊員在比賽中勇敢和拼搏的精神。接着，找一些能夠充分表現這個主題的材料，比如前鋒怎樣，後衛怎樣，守門員怎樣，觀眾又怎樣。要注意的是，一場賽事總有比賽前、比賽中、比賽後三部分，要凸顯比賽的精彩，就應該把重點放在比賽中。即是説，比賽前與比賽後只不過是一般的“賊”，比賽中才是“王”。最後，在落筆的時候，先簡要地寫一寫比賽前的情況，再用較大篇幅寫比賽中的情況，又簡要地寫賽後的情況。這樣，詳細寫“王”，簡單寫“賊”，文章就有主有次，主題鮮明了。

不同的體裁，就有不同的主題，不同的“王”。所以，“擒王”的時候，應該根據不同的體裁去“擒”。但有一點是不變的，“王”是伴隨着主題而來的，也是為服務主題而存在的。

文　章	主要／詳寫	次要／略寫
我的快樂老爸	老爸教“我”如何趕走煩惱；老爸教“我”如何面對失敗	“我”為了甚麼而煩惱；關於作文比賽的情況
父愛深深	爸爸如何教育“我”要謙虛 爸爸的行為、態度	爸爸如何對“我”潑冷水 “我”是如何受傷的
愛“說謊”的爸爸	爸爸接“我”放學	爸爸的承諾
父愛無邊	“我”如何在爸爸的呵護下長大	應怎樣報答爸爸
世上還有爸爸好	“爸爸好”	“媽媽好”
爸爸的眼睛	爸爸的反應	“我”為了甚麼而頂撞奶奶
父愛底片	爸爸說的話和行為；爸爸鼓勵“我”	“我”的醜陋 父母照顧奶奶
平凡的父親、偉大的父愛	父愛的偉大	父親的平凡
父愛無言	父愛無言	母愛無私
爸爸，我想對你說	“我”想對爸爸說的話	爸爸如何關愛我
我的忘年之交	爸爸怎樣支持“我”	“我”如何寫讀後感
蝸牛	爸爸怎樣幫助“我”	“我”在比賽上奪冠
父．子	父親的行為	兒子的病情
老媽的“殺手鐧”	老媽的“殺手鐧”	老爸的態度
灰姑娘	“我”的願望，爸爸陪“我”晨練	“我”實現了夢想

我的快樂老爸

朋友們都說我是一個不折不扣的小小開心果，整天樂呵呵的。媽媽也常對我說：“誰讓你有個快樂老爸呢！”

我的快樂老爸，整天嘻嘻哈哈，是他教會了我如何趕走煩惱！

記得小時候，當我煩悶時，老爸就把我拉到鏡子前，讓我欣賞自己難看的苦瓜臉。然後他會講笑話逗我開心，讓鏡子中的我笑臉如花。老爸說：生活中難免會遇到不開心的事，只要你多想想那些美好的事物，心情就會燦爛起來！謝謝老爸，是你讓我學會了選擇快樂，趕跑煩惱！

我的快樂老爸，天塌下來都不怕，是他教會了我如何面對失敗！

作文是我的強項。一次，我在作文比賽中慘遭滑鐵盧，整天無精打采的。誰知老爸見了，竟然大笑：“哎呀！甚麼天大的挫折，竟讓我家的小哼哈變成愁眉苦臉的小老頭啦？”我沒好氣地瞪了他一眼，人家正心煩着呢。知道原因後，老爸笑着對我說：“樓下張叔叔的一條腿不能走路了，他是多麼不幸啊！但是，他從未被打倒，依然笑對人生。想一想，你的失敗，和張叔叔的挫折比起來是多麼渺小啊！”我聽了，不禁心中豁然開朗。片刻後，我臉上重現自信的

主次和詳略要恰當

微笑。老爸看我又變得神采奕奕了，不禁樂呵呵大笑起來。啊！我的快樂老爸，真好！

有了快樂老爸，我的生活既像一支激情洋溢的樂曲，又像一幅流光溢彩的圖畫。老爸用他那樂觀進取的心態，裝扮了我的世界，我愛我的快樂老爸。

（陳曉蘭）

評語

文章開篇運用借喻手法，把老爸和"我"比作"開心果"，非常形象。接下來"苦瓜臉"等比喻手法的運用，和一件件老爸關心"我"的鮮明事例的描述，也達到了使人物形象更加生動的目的。文章結尾處，通過兩個生動比喻句，將老爸對"我"的愛描寫得很貼切，讓讀者不禁心生同感，同時也喜歡上了"我"的這個快樂老爸！

文章講到了兩件事。一是老爸教"我"如何趕走苦惱。作者沒有寫"我"為甚麼而煩惱。二是老爸教我如何面對失敗。教的過程有助反映文章主旨，所以詳寫，至於關於作文比賽的情況就略寫。總的來說，文章詳略恰當。

父愛深深

曾幾何時，天真幼稚的我以為爸爸不愛我。沉默寡言的爸爸，總是全身心地投入到他的工作中，很少理會我。

一次，我在考試中有兩科拿了一百分。回到家中，我得意洋洋地把成績單拿到爸爸面前，想博得他的幾句誇獎。可出乎意料的是，爸爸不僅沒有表揚我隻字半語，反而澆了我一頭冷水。最後，他語重心長地對我説："滿招損，謙受益，不能因為獲得一點點成績就沾沾自喜啊！"我聽了，委屈的淚水在眼眶裏打轉。為甚麼爸爸竟吝嗇得不肯給我一句口頭上的獎勵呢？難道他真的不喜歡我嗎？

然而，漸漸長大的我，逐漸懂得了父愛深深，千言萬語難以表達。那一場突如其來的事故，讓我看到了爸爸冷漠下面所深藏的父愛。

那一次，我的右腿骨折了。當醫生捏着我受傷的腿時，疼痛難忍的我不禁大聲叫嚷起來。看着我痛苦不堪的樣子，爸爸的額頭上冷汗直冒，眼角還泛着淚光。這是我第一次看到爸爸流淚。當時，震驚不已的我幾乎忘記了疼痛。"男兒有淚不輕彈"，原來爸爸不是不在意我，而是把愛深埋在心裏了啊！

接下來，在我住院的日子裏，當平常木訥的爸爸給我講

主次和詳略要恰當

故事逗我開心時；當他略顯笨拙地給我梳辮子時；當他穿過幾條街道，滿頭大汗地為我買回我最愛吃的食物時……快樂漲滿了我的胸懷！哦，原來爸爸是那麼深切地愛着我，只是他的愛像大山一樣沉默，像春雨一樣悄無聲息。

啊！父愛深深幾許？比山更高，比海更深，比宇宙更寬廣。我愛我的爸爸！

（張怡美）

評語

本文欲揚先抑，用典型事例刻畫了一個沉默父親的形象。文中運用了多種修辭手法：反問手法，準確反映了"我"的委屈心情；引用名句"男兒有淚不輕彈"，側面展現了父愛；排比句式"當……"，描寫出父親對"我"的細心呵護；比喻手法"像大山……"，寫出了父愛的特點，形象而生動。結尾採用設問手法，然後通過排比、誇張，層層推進，描寫無言的父愛之深，很有氣勢。

文章在寫爸爸不誇獎"我"這件事時，略寫爸爸如何潑冷水，詳寫爸爸如何教育"我"要謙虛。在寫"我"受傷住院這件事時，略寫"我"是如何受傷的，詳寫爸爸的行為、態度。在處理材料時，做到了詳略得當。

愛“說謊”的爸爸

爸爸常常教育我“人無信不立”，禁止我說謊，可他卻三番五次“說謊”，這不是“只准州官放火，不許百姓點燈”嗎？但是，愛說謊的爸爸卻深深感動着我。要知道為甚麼？請聽我一一道來吧！

一次放學後，天空突然下起了傾盆大雨。我站在教學樓的大廳前，十分着急。正在這時，爸爸來接我了。熱情的爸爸把一把傘借給了我的同學，然後用結實的胳膊摟緊我，兩人共着一把傘走進了雨中。走了一段路，傘外大雨瓢潑，可被爸爸擁在大衣裏的我，身上卻只沾到了幾點雨滴。一路上，我連連“告誡”爸爸：“爸爸，你可要用傘把自己遮嚴實喲。”他總笑着回答：“放心吧！我可不敢惹我們家的小辣椒發脾氣呢！”

然而回到家中，我卻發現，爸爸的衣服幾乎濕透了。原來，他對我“說謊”了。

第二天，爸爸感冒了，不停地咳嗽、流鼻涕。我看了心疼極了。爸爸卻不以為然地笑着說：“就這點小毛病，對我完全沒影響，我舒服着呢！”你看，他說謊的“本性”還真是時刻不改呢！

一直以來，爸爸“謊話”連篇，像“我不累啦！”、“我不

愛吃雞腿啦！”等等，還真是不勝枚舉。媽媽也調侃他江山易改，本性難移呢！

然而，爸爸給我的承諾，例如承諾帶我去玩，承諾給我買哪本書，卻一言九鼎，從未食言，讓我佩服不已。

啊！在爸爸的一句句“謊言”裏，藏着他的付出，他的犧牲，他的無窮無盡的愛，令我溫暖一生，幸福一生，感動一生！

（廖新文）

評語

開篇引用了名句，突出了爸爸愛說謊的“毛病”，並通過反語，設置懸念，吸引讀者。第二、三、四段詳細講述爸爸接“我”放學，“我”“只沾到了幾點雨滴”，“爸爸的衣服幾乎濕透了”這件事。其中運用了誇張手法寫雨之大，用場景為下文做鋪墊。文中的語言與動作描寫，達到了深化父愛的目的。文章簡述爸爸對“我”有哪些承諾，及他如何遵守承諾。而用爸爸“本性難移”與從不對“我”食言進行的比較，則使爸爸的形象更鮮明深刻。

結尾用兩個排比句，深情揭示了爸爸藏在謊言裏的愛，令人感動。

父愛無邊

若爸爸是大海，那我就是浪花。我在爸爸的胸膛上摸爬滾打，漸漸長大。

爸爸是大海，我是浪花，大海哺育了浪花。從我呱呱墜地，爸爸便在我身上傾注了無限的關愛。從我牙牙學語到蹣跚學步，爸爸便在我身上傾注了無限關注的目光。儘管一直以來，他很少用語言表達。

爸爸是大海，我是浪花，大海是浪花的良師。雖然媽媽説我是爸爸的"心肝寶貝"，可他從不溺愛我。他用自己的一舉一動教會了我"做人要懂得為他人着想"，"善良是人生的法寶"。當我犯了錯誤，他的臉上就烏雲密佈，那是暴風驟雨來臨前的徵兆，直到我虛心改正了，他的臉上才會重新風平浪靜。

爸爸是大海，我是浪花，大海是浪花的益友。他知識淵博，見多識廣。每當我遇到疑難問題，他總能給我一個圓滿的回答！在他的耳濡目染下，我愛上了看世界名著，也從中受益匪淺。為此，媽媽還戲稱我們為"大小書蟲"呢。

爸爸是大海，我是浪花，大海是浪花的依靠。爸爸用他堅實的雙肩為我，為我們的家撐起了一片廣闊的天空，是他用愛的五線譜譜寫了我們家的主旋律。一年四季，爸爸默默

地為我遮風擋雨，我這朵小小的浪花怎能不依戀浩瀚的父愛之海呢？

父愛如海，寬闊而無邊，浪花怎樣才能報答這恩情？

（余水深）

這是一篇歌頌父愛的散文。

本文詳寫“我”如何“在爸爸的胸膛上摸爬滾打，漸漸長大”。最大的特色是運用比喻手法，將爸爸和“我”分別比作大海和浪花，多處採用排比和反問手法，深化了嚴父之愛。

結尾運用反問句，描寫了父愛無邊，難以報答。對此，作者一句帶過，沒有詳寫應該怎樣報答。因為主題是父愛無邊，文章就應該詳寫父愛如何無邊，而不能喧賓奪主。雖是略寫，卻讓人感動，發人深省。

世上還有爸爸好

“世上只有媽媽好，有媽的孩子像塊寶……”每當耳邊響起這首膾炙人口的歌謠，我都會毫不猶豫地反駁。因為，世上不僅僅只有媽媽好，“世上還有爸爸好！和爸爸在一起呀，歡樂少不了！”

我的爸爸是一位風趣幽默的“語言大師”。當我煩惱，他總會用一些順口溜來逗我開心，如“笑口常開，好運常來”，“白天不發火，憂愁往邊躲；晚上不發火，美夢甜又多；天天不發火，漂亮屬於我！”等等。你別說，這些順口溜倒還經常能逗得我破涕為笑呢。有了這樣的爸爸，我怎能不快樂？

我的爸爸像一塊堅韌的石頭，經常教育我在困難面前要“威武不能屈”。每當看到他泰然自若地攻克難關時，我就彷彿看到了一位頂天立地的巨人。有了爸爸這樣一個傑出的榜樣，我怎能不自豪？

爸爸還像一本立意深遠、飽含哲理的圖書。他用生動的語言教會我“少壯不努力，老大徒悲傷”，要珍惜光陰。他用堅定的眼神告訴我“山重水複疑無路，柳暗花明又一村”，要堅持到底。他的一舉一動使我明白了“一分耕耘，一分收穫”，要努力拼搏。……

主次和詳略要恰當

雖然爸爸很少表達愛，但誰能說“世上只有媽媽好”呢？世上還有爸爸好，有爸的孩子像個寶；擁有爸爸的關愛，快樂得不得了！

（錢有田）

評語

開篇引用歌曲，另闢蹊徑，用對比手法點明了主題“世上還有爸爸好”。全文多次運用比喻，寫父親是“語言大師”、“石頭”、“巨人”、“圖書”，多處引用詩句熟語以及排比等手法，詳細描寫了一個可敬的父親形象，字裏行間展現了深刻的父愛。

結尾處通過改寫歌曲，表達了“我”對父愛的感受，新穎獨特，值得借鑒。

本文重點是“爸爸好”，至於“媽媽好”，是次要內容，所以略寫。

爸爸的眼睛

這是一雙明亮的眼睛，裏面寫滿了對歲月的珍視，對生活的吟唱；這是一雙深情的眼睛，如同屹立在我生命之岸的燈塔，如同照亮我人生旅程的啟明星。我愛這雙炯炯有神的大眼睛，更愛擁有這雙眼睛的人——我的爸爸。

有一次，我幫助了他人。當人們翹起大拇指誇獎我時，我總是不好意思地擺擺手。而爸爸則是用那雙深邃的眼睛向我投來讚許的目光。我知道他是在說："孩子，好樣的，但你要再接再厲！"就這樣，爸爸那會說話的眼睛讓我學會了以助人為樂！

有一次，因為一件小事，我頂撞了奶奶。爸爸知道後火冒三丈，盯着我。這一刻，我感到害怕了。當爸爸眼中的怒火熄滅，漸漸轉為沉痛和愧疚，我震驚了，知道他是在用眼睛說"養不教，父之過"啊！爸爸時常教育我"百行孝為先"，可我卻拋諸腦後了。於是，後悔不已的我連忙向奶奶道歉。這時，我發現爸爸眼中的沉痛與愧疚被一片笑意替代了。那裏面寫着原諒："知錯就改，還是好孩子！"爸爸的目光，時刻催我上進。

時光飛逝，我卻始終是爸爸眼中的焦點！當我遇到困難，爸爸的眼睛裏露出鼓勵；當我表現優秀，爸爸的眼睛中

主次和詳略要恰當

裝滿了希冀；當我受傷，爸爸的眼睛掩飾不住所流露出的心疼……在爸爸用愛的目光鋪成的道路上，我健康、快樂地成長着。

在爸爸的注視下，我由幼稚變得成熟，由怯弱變得堅強。啊，忘不了，忘不了爸爸的眼睛，忘不了爸爸那用目光編寫成的最動人的語言——愛！

(吳海清)

開篇用排比、比喻的手法將父親的眼睛比作“燈塔”、“啟明星”，層層遞進，抒發了作者對父親的感情。文中選取了兩件事情。首先採用擬人手法描寫父親的眼睛會說話，讓“我”戒除驕傲，學會幫助他人。其次寫“我”頂撞了奶奶這件事，詳細地用細節描寫出父親眼神的轉變，體現了人物的內心，細緻生動。而對於跟主旨沒甚麼聯繫的“我”為甚麼會頂撞奶奶這個細節則一句帶過。可見文章寫得詳略有序。第四段排比句的使用也達到了展現父愛的目的。

本文結尾直抒胸臆，將父親眼中無聲的愛比喻為語言，令人回味。

父愛底片

我的心是一座小小的記憶城堡，裏面裝滿了父愛的底片。它們經常浮現於我的腦海中。

打開記憶的匣子，我抽出一張動人的底片。

小的時候，我長得很胖，模樣又不漂亮。小朋友們都笑我像醜陋的“南瓜”。為此我傷心極了，經常偷偷哭泣，不敢照鏡子。後來爸爸知道了，緊緊地摟着我，說：“我的小寶貝不像南瓜，而是像一朵含苞欲放的南瓜花呢！再說，一個人的外表並不是最重要的，只有心靈美的人才最美麗！”從那以後，我漸漸丟掉了自卑，笑靨如花朵般燦爛！

不經意間又翻開了一張融入了濃濃父愛的底片。

那是一次學校的演講比賽，參賽學生可以邀請家長前來觀看。我也想叫爸爸來的，可考慮到爸爸媽媽要在醫院照料生病的奶奶，便沒有聲張。比賽那天，禮堂裏座無虛席。到我演講時，看着底下黑壓壓的人羣，我一緊張便忘詞了。在這緊要關頭，我突然看到爸爸正站在禮堂的入口處，高高地揮舞着雙手，向我做出“加油”的姿勢。霎時，我的心裏彷彿有一股暖流緩緩流過，第一句演講詞脫口而出。

當我聲情並茂地演講完後，台下響起了雷鳴般的掌聲。我走下台，飛快地奔到爸爸站立的地方，卻發現他已經匆匆

主次和詳略要恰當

離去，他心裏還在牽掛着病牀上的奶奶啊！雖然，這一次比賽我沒有收穫到成功的果實，但是我卻因此而深切地體會到了博大而厚實的父愛。這已足夠讓我的心頭開出快樂的花朵了。

在無數個日子裏，爸爸對我的愛滲透到了平凡的生活細節裏，在我的記憶中定格成永不褪色的底片。它們是我最初的，也是最難以忘懷的溫暖！

（蕭珍珍）

詳評

本文開篇運用比喻，將父愛比作“底片”，深藏在“我”的“記憶城堡”裏。接着選取兩個典型事例來突出父愛。首先通過語言細節，詳寫描寫父親將“我”比作“南瓜花”，教育“我”心靈美比外貌美更重要，簡略寫“我”的醜陋。接着多處運用比喻和誇張等修辭，略寫父母如何照顧奶奶，詳寫“我”在父親的鼓勵下完成了演講，使一個慈愛又孝順的父親形象躍然於紙上。相比起來，兩件事中以後面那件事寫得較詳盡，因為這件事更能突出父愛：父親牽掛着奶奶的同時沒有忽略“我”。

平凡的父親、偉大的父愛

我的父親很平凡，是一個毫不起眼的人。

父親的樣貌平凡：中等的個子，短黑的頭髮，眼睛有神但不大。

父親的工作平凡：一個標準的上班族，一年四季按部就班地工作，沒有一絲新意。

對着這樣一個平凡的父親，我曾羨慕別人有一個高大挺拔、英氣逼人的父親；也曾嫉妒朋友有一個以車代步、出手闊綽的父親。然而，我想到父親給我的獨一無二的關愛時，所有的苦澀都飛到九霄雲外去了。

媽媽曾告訴我，在小的時候，我體弱多病，又特別愛哭。無數個夜晚，父親抱着我在房間裏走來走去，哄我睡覺，有時甚至通宵達旦。就這樣，在父親的悉心呵護下，我茁壯成長。

父親對逐漸長大的我要求嚴格，也教會了我許多人生的道理。一次，我偷偷拿了奶奶二十元錢，買了心儀的玩具。後來東窗事發，父親怒髮衝冠地揚起了手。眼見着巴掌就要落在我臉上了，我嚇得嚎啕大哭起來。然而過了老半天，父親的“五指山”還沒有落下。原來，他只是為了嚇唬我。後來，他蹲下幫我擦乾眼淚，又語重心長地給我講道理。我聽

主次和詳略要恰當

了羞愧得臉紅到了脖子根。後來，我自願寫下了人生中的第一封“檢討書”。

我的父親不是令人矚目的百萬富翁，不是聞名遐邇的詩人作家，不是赫赫有名的影視明星。但是，他給我的偉大父愛，卻如朝日般瑰麗，如大海般浩瀚，如高山般巍峨！哦，我愛我平凡的父親！

（林嘉欣）

評語

本文最大特色是運用對比手法，將父親的“平凡”與父愛的“偉大”做比較，讓人為父愛所觸動。

文章開頭先用排比句點出父親的平凡，然後通過轉折句來抒發對父親的愛。文中用細節描寫，娓娓道出小時候父親對“我”的種種呵護。而對“我”因偷錢而受到父親教育所進行的動作細節描寫，則使父親形象更加鮮明。結尾處採用兩個排比句抒發了對父親的摯愛之情，很有氣勢，起到了昇華情感的作用。

文章題目是“平凡的父親、偉大的父愛”。由此，作者僅用百來字來略寫父親的平凡，卻用大量筆墨來寫父愛的偉大。通過這樣一詳一略的描寫，更加突出了父愛。

父愛無言

人言："母愛無私，父愛無言。"這話倒有幾分道理。

當人們用無數的詞稱讚無私的母親時，倍受冷落的父親卻總是不語，從不計較自己的關愛是否會得到子女的讚美。

也許和母親比起來，父親的笑容不夠親切和藹，父親的話語不夠委婉動聽，父親的教導不夠體貼柔和。但正是他沒有裝飾的愛，教會了兒女樸實；正是他沒有虛假的愛，教會了兒女真誠；正是他的果敢、堅毅，鑄就了兒女的堅強，使他們能在暗潮洶湧的人生之海中乘風破浪，駛向成功的彼岸。

無論何時，兒女的需要，永遠是父愛的出發點。兒女在海邊，父親的愛就是一葉葉扁舟。兒女在沙漠，他的愛就是一灣灣清泉。兒女在風雨中，他的愛就是一把把大傘。兒女在黑夜，他的愛就是一盞盞明燈。在每一位父親的心靈舞台上，兒女永遠都是唯一的主角。

父愛是無言的。當孩子失落傷心時，父親的愛是陣陣清風，圍繞在孩子周圍而不讓孩子察覺。當孩子跌倒受傷時，他的愛是一根根枴杖，讓孩子支撐着走向前方。當孩子累了倦了時，他的愛是一道道港灣，隨時讓孩子停泊依靠，準備再次揚帆啟航……

父愛如山，沉靜無言。在成長的歲月裏，父愛的山在兒

主次和詳略要恰當

女心中層層疊加，支持着子女的一生，屹立不倒。

父愛如海，默然無語。在長大的時光中，父愛的海在兒女心裏點滴匯聚，滋潤着子女的生命，源源不絕。

綿長父愛，無需表達，因為它本身就是世界上最動人的語言！

（鄧安蓮）

評語

文章詳寫父愛無言，略寫母愛無私。其中寫父親無言時，運用了多種修辭手法。開篇引用人們的話語，點出父愛不計回報。然後採用對比手法，寫出了父愛的種種特點。一系列的排比和比喻句，描寫了父親為子女付出的偉大的愛。而排比句和對偶句寫父愛“如山”、“如海”，寫得很有氣勢，感情強烈。結尾將父愛比作世界上無需表達且最動人的語言，前後照應，相得益彰。

本文文筆優美清新，娓娓道來，引起了讀者的共鳴：“父愛確實無言！”

爸爸，我想對你說

爸爸，我想對你說，我一直都擁有一個安樂的窩。而你，就像是一棵挺拔的大樹，用你那粗壯的樹幹，為我和媽媽支撐着，風風雨雨，陪我走過。

爸爸，我想對你說，我享有的已經太多太多。而你，就像一支魔法棒，用你的終日辛勞奔波，為我不斷變出快樂。

爸爸，我想對你說，在未來的日子裏，我永遠都不會寂寞。因為，你曾經在我幼小的心靈裏，種下了一顆開心果。你告訴我，善良的人從不寂寞。

爸爸，我想對你說，你就是那天上的太陽，我就是陽光下的花朵；你是那天上的月亮，我就是月光下那起舞的柳枝。你給我的愛就像是一首歌，歌裏寫着你對我的關懷、呵護和寄託。

爸爸，我想對你說，我想對你說的話綿綿無盡，是一首永遠唱不完的歌……

（徐小明）

評語

文章採用散文詩的形式，詳寫“我”想對爸爸說的話，而對於爸爸是如何關愛“我”的，則透過這些話從側面反映出來。就是說，文章以細膩優美的筆觸來描寫父親那隱藏在每一個細節中的愛，深情款款。文章的每段開頭，都是對爸爸深情的呼喚，給人的感覺直接而不拘泥於俗套。文章的文字清新動人，章節之間互相照應，讀來琅琅上口，言有盡而情無限。

我的忘年之交

用媽媽的話來說，從小，我就缺少運動細胞，而文學細胞“發達”。我不像別的男孩子那樣喜歡踢球、游泳等運動，倒是非常享受寧靜的生活，尤其對文學情有獨鍾。

打從上小學起，我就開始閱讀世界各大名著了。一開始是看連環畫，後來是看簡縮本，最後就可以長篇累牘地看了。並且，我還有個好習慣，那就是每看完一部著作，我都會寫讀後感，記下我在閱讀中的收穫和心得。幾年下來，我的讀後感都寫了滿滿幾個筆記本。

爸爸非常支持我多讀課外書，常常主動為我買來我想要看的書。更讓我感動的是，為了能夠跟我一起分享閱讀後的感受，難以安靜下來的他，也買來了那些大部頭的書籍放在枕邊，一有空餘時間就拿來讀。每次我寫完讀後感，爸爸總會仔細地閱讀，並在旁邊批上他的觀點，樂此不疲。每當我們沉浸在文學海洋中的時候，我就感覺站在我面前的，不再是那個平日裏威嚴的爸爸，而是我的知己。因此，我常常跟爸爸開玩笑説，在讀書的時候，我們不再是父子，而是忘年的朋友。

我能理解爸爸的良苦用心。爸爸之所以這麼做，是希望能為我提供一個交流的對象，讓我繼續保持讀書的興趣。

媽媽時常調侃爸爸："你這是少壯不努力，老大徒辛苦啊。當學生的時候浪費了太多光陰，現在當了爸爸了才想起要補回來，何苦來哉！"每每這時，爸爸總是笑而不答。但我知道，那躲在爸爸笑容背後的，是他一直以來為我進步的驕傲。

（任有才）

評語

父愛有很多表達方式，有些直白，有些委婉。文章中的爸爸不喜歡直接地在言語上表達自己對兒子的愛，而是婉轉地表達。作者就抓住爸爸這個特點，詳細地寫他寧願犧牲自己的休息時間和個人愛好，甚至改變自己的生活習慣，也要陪同兒子一起攻讀文學名著。不詳寫"我"如何寫讀後感，而詳寫爸爸怎樣"支持我多讀課外書"，能夠有效彰顯父親對兒子的愛。

文章的結尾，間接地告訴了讀者，父親對兒子這種習慣的培養和付出，取得了很好的效果。

蝸牛

從小，我就有輕微的自閉症。我不敢與別人交流，怕他們會在不經意間發現了我的缺點；我不敢在公眾場合講話，怕被人發現我舉止不當；我沒有勇氣參加團體活動，因為我害怕別人不歡迎我。我每天生活得誠惶誠恐，束手束腳。

爸爸對我的情況很擔憂，擔心我的這種性格會影響到我的成長乃至今後的人生。

為了增強我的自信心，每個週末，爸爸都會放下手頭的生意，帶我到香港最好的舞蹈老師那裏去學習我最喜歡的舞蹈。儘管我很喜歡舞蹈，但因為性格的原因，不管老師怎樣耐心地指導我，我就是不能很好地與別人配合，不能輕鬆自如地跳完一支舞。最後，老師對我失望了。她告訴爸爸：她不適合學習舞蹈。

爸爸知道要治好自閉症，樹立信心極其重要。於是，為了讓我相信自己能夠學好舞蹈，毫無舞蹈基礎的他買回了舞蹈教學光碟和教材，反反覆覆地看，然後指導我練習。

功夫不負有心人。在爸爸的輔導下苦練了三年之後，我終於在學校的舞蹈大賽上憑藉一支上海探戈一舉奪魁！在領獎台上，我深情地擁抱着爸爸，潸然淚下。

多年過去了，那個曾經有着輕微自閉症的小女孩已經

主次和詳略要恰當

成長為一名自信開朗的中學生。而爸爸的身影卻不再那麼挺拔，眼神也不再那麼清澈了。但是，在我的心裏，我一直就是那隻緩慢前行的蝸牛，而爸爸，就像是我背上的殼，給我保護和力量。

(王美美)

評語

文章先是深刻詳細地描繪了一位平凡而又偉大的父親為了幫助有自閉症的女兒樹立信心，竟然自學舞蹈並當上了女兒的指導老師的情節。然後略寫女兒在父親的幫助下獲得了舞蹈比賽的冠軍這一情節。故事讀來感人肺腑。

在文章的結尾，作者貼切地把自己比喻為動作遲緩但努力不懈的蝸牛，把爸爸比喻為蝸牛的殼，用這一形象的比喻來寓意爸爸的愛，別出心裁。

父·子

人們常說："父子關係是前幾世修來的緣分。"但是，在這對父子之間，卻全然不是這麼一回事。父親武斷固執，覺得兒子性格乖張；兒子孤傲任性，認為父親愚昧迂腐，父子之間橫亙着一種叫做"代溝"的東西。所以，他們之間總是戰火不斷。

"天有不測風雲，人有旦夕禍福。"一天，一個噩耗從天而降，平時很少生病的兒子突然得了一場大病。醫院的主治醫生面色凝重地告訴父親，兒子康復的希望十分渺茫。

父親不甘心。他連夜跑回老家，找到了巫師，希望他能給兒子指條生路。巫師煞有其事地告訴父親：你這孩子命賤，要吃百家飯才能好呢！父親明白了巫師的意思，那是要他到村子裏各家各戶去討要大米，然後用來煮了飯給兒子吃。據說這能感召神靈，為那些身患重病的人求得一線生機。

父親知道兒子危在旦夕，事不宜遲，拿起個缽子就走出了家門。因為性格固執和耿直，父親曾經在村裏得罪了不少人。有些人看到現在仇家有事相求了，自然百般刁難。父親活了大半輩子，哪受過這樣的欺凌？可為了兒子，他仍低聲下氣地去求人家。

也許是醫生能妙手回春，也許是父親的虔誠感動了神

主次和詳略要恰當

靈，兒子的病竟奇蹟般好起來了。康復後的兒子從母親那裏得知父親放下人格和尊嚴向別人討米的事情後，不但沒有像以往那樣埋怨父親的無知，反而趴在父親的肩膀上放聲大哭起來。

從那以後，父子之間很少爭吵了。雖然父親依然是那麼固執，但兒子已經懂得了包容父親。因為他知道，是父親給他帶來了希望，為他創造了奇蹟。

(譚其志)

評語

文章用小小說這一獨特的體裁，以局外人的視角來表現父子之間那份濃濃的愛，顯得客觀和真實。文章中着重用父親那固執耿直的性格，來反襯他為了兒子而甘願忍受屈辱和報復。文章之所以用兩段話的筆墨來寫這一點，對於次要的兒子的病情則略寫，就是為了通過父親行為的偉大來凸現父愛的偉大。文章故事不可不說是感人至深。

老媽的“殺手鐧”

老爸是個生意人，一年到頭都在外面奔波，沒少見過世面。即使偶爾留在家，也是應酬不斷。老媽是個名副其實的大家閨秀，性格溫婉，小鳥依人。喜歡過溫馨家庭生活的她，總希望老爸能在不多的在家的日子裏多陪她聊聊天，逛逛街。可我那不解風情的老爸……唉！

以前，老爸老媽總為了這個問題鬧矛盾。老媽連哄帶勸，希望老爸收收心，可就是不奏效。最後，老媽思來想去，總算找到了一個好“武器”來對付我那滑得像泥鰍一樣的老爸。你猜這“武器”是甚麼？哈哈，那就是他的丫頭我啊！

老爸雖然對別的事情大大咧咧，三不着兩的，可對他女兒我，卻從不馬虎。倘若我有甚麼事情需要他，即使再忙，他也會放下手頭的工作來到我身邊，更何況是無關緊要的應酬呢？因此，每次老爸跟他那班“酒肉朋友”在一起狂歡的時候，只要我一個電話，隨便想一個理由，老爸就會乖乖地回家。朋友一問原因，他也只好如實相告，少不得又被那班朋友奚落一頓。不過，你還別說，這個辦法還真屢試不爽呢！

長此以往，老爸不禁心生悲歎：“我的活祖宗，你怎麼

叛變成了你老媽的‘殺手鐧’了呢？”話雖如此，可要老爸回家，仍只要我一個電話。嘿，瞧我這可憐的老爸！

（何其嬌）

評語

文章一改以往描寫父愛的那種沉重、嚴肅的風格，採用幽默風趣的寫作手法，表面上寫爸爸媽媽之間的“較量”，實質上是寫爸爸對“我”的愛。把這種愛融入到看似戲謔的敘述中，讓讀者在發笑之餘，體會到了爸爸對女兒的那份不矯揉、不修飾的愛。這樣一來，文章既給了讀者一種閱讀的輕鬆愉悅感，又傳達出了它隱含的主旨。

文章正面寫老媽的“殺手鐧”，這也是文章的寫作重心，側面寫老爸的態度，屬於略寫。這樣安排，目的是反襯，更加顯現了父愛。

灰姑娘

在我的印象中，因為我長得太胖，我似乎從來就是一個不惹人注目的灰姑娘。尤其是上了初中之後，我的自卑感越來越強烈了。

當別的女孩子穿着漂亮的公主裙在大街上盡情地展現自我的時候，當別的女孩子在眾目睽睽之下翩翩起舞的時候，我就在心裏憎恨自己為甚麼不能苗條一點點。哪怕是一點點也行，只要我能穿漂亮的迷你裙，能獲得別人的讚賞，我就非常滿足了。

儘管我連做夢都希望自己能變瘦一點點，可是減肥對於我來說，簡直是難於上青天。因為我生來就是個美食家，對美食情有獨鍾。除此之外，我的意志力也是極其薄弱的，每次都是信誓旦旦地說要節食，要增加運動量來減肥，可最後總是堅持不到幾天就偃旗息鼓了。

人說："知女莫若父。"確實是這樣，爸爸是最能體會我心境的人。為了幫助我實現夢想，爸爸自告奮勇地當起了我的陪練。每天早上，他總是準時地把睡眼惺忪的我從被窩裏叫醒，然後陪我一起去跑步、打羽毛球。每天鍛煉下來，爸爸都汗流浹背，氣喘吁吁。就這樣，在爸爸的監督下，我整整堅持了一年。

一年以後，我終於實現了變苗條的夢想，平生第一次穿上了夢寐以求的裙子。那天，我高興得圍着爸爸媽媽又蹦又跳，欣喜若狂。爸爸媽媽看着我的蛻變，心裏也是萬分的高興。媽媽情不自禁地説："還不快感謝你爸爸？他可是帶着甲亢病陪你鍛煉的呢！"

説者無心，聽者有意，媽媽的一句話讓我終於明白為甚麼每次跑步的時候，爸爸總是大口大口地喘氣。也正是在那一刻，我終於體會到了爸爸那偉大的愛。為了實現我的願望，他竟然帶病陪我鍛煉。是那偉大的父愛，讓我從一個自卑的灰姑娘蛻變成了美麗的白雪公主！

（杜文謙）

文章通過重點敍述父親為幫助作者實現夢想而隱瞞自己的病情，堅持帶病陪作者晨練這一感人肺腑的事件，毫不誇張、鋪陳地體現了父親對"我"的愛。整篇文章立意深刻，讀來真實自然，感人至深。文章的頭三段詳細講"我"的自卑與心願，看似與表現父愛無關，實際是起到了反襯的作用；"我"越自卑、越想實現願望，爸爸帶病當"我"的陪練的精神就越可貴。至於"我"鍛煉後的變化，文章則一句帶過："實現了變苗條的夢想"。